M000191051

8 de noviembre de 2017

este   this
ENFERMARIO

...s para Kim, mil gracias por haber venido y escucharnos, por tus preguntas y comentarios, espero que estas historias generen nuevos pensamientos.	is for Kim, a thousand thanks for having come and listened to us, for your questions + comments, I hope that these stories generate new thoughts.
Un abrazo y gracias.	A hug and thanks,

Enfermario ©2010 Gabriela Torres Olivares
Translation ©2017 Jennifer Donovan

FIRST EDITION
Text and cover design by Les Figues Press.
First published as *Enfermario* by Fondo Editorial Tierra Adentro, 2010.
ISBN 13: 978-1-934254-65-3
ISBN 10: 1-934254-65-7
Library of Congress Control Number: 2016961403

Esta publicación fue realizada con el estímulo del Programa de Apoyo a la
Traducción (PROTRAD) dependiente de instituciones culturales mexicanas.

This publication was undertaken with help from the Program for the Support
of Translation (PROTRAD), an agency of Mexican cultural institutions.

The translator would like to thank Jennifer Adcock for her insight and
comments on the translation, Jen Hofer for being a constant source of
inspiration and the Torres Olivares and Donovan families for their support
throughout this process.

The Press would like to thank our copyeditors: Coco Owen and Teresa
Carmody. Les Figues would also like to acknowledge the following
individuals for their generosity: Peter Binkow and Johanna Blakley, Lauren
Bon, Pam Ore and Sara LaBorde, Coco Owen, and Dr. Robert Wessels. Les
Figues Press is a 501c3 organization; donations are tax-deductible.

Les Figues Press titles are available through Small Press Distribution,
http://www.spdbooks.org

IN OTHER WORDS, Translation Series, Book No. 3
Edited by Patrick Greaney

Post Office Box 7736
Los Angeles, CA 90007
info@lesfigues.com
www.lesfigues.com

In memoriam
Vera Maričić and Cristina Zamora Leija

Índice

Contents

Trece punto dos

1

Vasudeva llora por las noches. Insiste a su mami que le duele cinco centímetros encima del hombro. La mami dice que encima del hombro no hay nada. Pide que le sobe el espacio de aire, que lo acaricie. De principio la mamá se niega pero ahora lo acaricia en una especie de reiki a la nada. Entonces la niña se calma y duerme.

Vasudeva sueña que se fragmenta, de tener cuerpo de niña pasa a ser finos cortes de bisteces. No le duele pero le preocupa. Papá y mamá nunca reconocerían los pedazos de carne que ya no la conforman. Entonces cuando despierta se toca desesperada, revisando que ningún pedazo de cuerpo falte. Nada falta. A ella le parece que sí. Incluso ha pensado que duerme siendo de mayor tamaño y en los sueños siempre le quitan volumen pero nadie, ni siquiera ella puede notarlo. Pero lo siente.

Vasudeva quisiera morir. A sus siete años ha pensado que le gustaría reencarnar en una flor. Una de color morado. Sabe que se ha portado bien para que en el bardo se le dé a escoger, ella dirá que una hermosa flor morada. No sabe cómo morirse y esperar la vejez le parece eterno. Necesita ya saber qué se siente no tener cuerpo. Necesita su esencia al cien por ciento. Le ha dicho a papá que quiere morir. Él se espanta mencionándole que la vida es hermosa y que aleje esos pensamientos de sí. Ella ya no dirá nada porque para cualquiera de los que la rodean, esto parece la peor grosería y las groserías son

Thirteen Point Two

1

Vasudeva cries at night. Adamant, she tells her mommy that it hurts five centimeters above her shoulder. Mommy says that there's nothing above her shoulder. She asks mommy to massage the air, to stroke it. The mother refuses at first, but then she rubs it in a sort of reiki to nothingness. The little girl calms down and goes to sleep.

Vasudeva dreams that she splits into pieces, her little girl body becomes thinly sliced cuts of steak. It doesn't hurt, but it worries her. Mommy and daddy would never be able to recognize the slices of meat that form her. When she awakes, she gropes herself desperately, checking to make sure that not one single bit of body is missing. Nothing is missing. She feels like something is. She has even felt that when she goes to bed she's larger and that in her dreams they pick away at her mass; but no one, not even she, can tell. Yet she can feel it.

Vasudeva would like to die. At age seven, she decides that she would like to be reincarnated as a flower: a purple one. She knows that she has been well-behaved and that in the bardo she will be allowed to choose. She'll say: a beautiful purple flower. She doesn't know how to die and waiting for old age seems eternal. She needs to know right now how it feels not to have a body. She needs her essence at one hundred percent. She has told daddy that she wants to die. He dreads telling her that life is beautiful and that she should rid herself of such thoughts. She won't say it again because for those who

malas y hacen de las personas malas personas y las malas personas no tienen oportunidad de elegir una próxima buena vida en el bardo.

Vasudeva le ha dicho a mami que la canción de *mamita yo no quiero un hermanito, lo que quiero es un perrito*, le parece infinitamente cruel. Ella quiere una hermanita, un hermanito no porque los niños no juegan juegos de niñas. Vasudeva quiere una hermanita y la ha pedido con todas sus fuerzas pero mami se niega; mami ya no es fértil. Entonces, Vasudeva, le pide que le sobe la nada, que la nada quiere que la soben.

2

La cuestión principal era saber si las hermanitas Garza Lombardi compartían, además del cuerpo, el alma. Haber nacido en una familia adinerada, sin contar los avances tecnológicos, les daba la oportunidad de ser separadas en una cirugía medianamente exitosa (85 por ciento de posibilidades de que una de ellas viviera). Pero como hemos mencionado con anterioridad, la cuestión principal era saber si también compartían el alma.

Nadie nunca supo que serían gemelas siamesas. Tampoco gemelas monocigóticas. Mucho menos niñas. El señor Garza Lombardi se empeñó en no realizar una ecografía a su esposa. Deseaba, en su postura de hinduista millonario, que la gestación y el parto se llevaran a cabo de manera natural. También de manera natural se enteraron que ella estaba embarazada, cuando no tuvo el periodo durante dos meses y atinó en decirle al marido, que se encontraba en estado y que debían ir con un ginecólogo. La negación del hombre junto a la felicidad de saberse padre. Debemos sorprendernos y aceptar el regalo, sea lo que sea, porque un hijo es un regalo, mencionó. Pero ninguno de los dos presintió que a los trece días de gestación, el cigoto no alcanzaría a separarse. Y la ciencia dicta que entre más tarde la separación, más órganos se compartirán. Así que las hermanitas serían siamesas pigópagas, que quiere decir que comparten casi todos los órganos, incluyendo el recto y la vagina; asimétricas, pues además de casi todos los órganos

surround her, it seems like the rudest declaration ever, and rudeness is bad, and it makes bad people out of people, and bad people aren't allowed to choose a good next life in the bardo.

Vasudeva has told mommy that the song *Mommy, I don't want a little brother, what I want is a little puppy* seems infinitely cruel to her. She wants a little sister, not a little brother, because little boys don't play little girls' games. Vasudeva wants a little sister and has asked for one with all her might, but mommy refuses; mommy isn't fertile anymore. So, Vasudeva asks her to massage the nothing, because nothingness wants to be rubbed.

2

The critical question was whether the Garza Lombardi sisters shared, apart from their body, their soul. In addition to the technological advances in medicine, having been born to a wealthy family offered them the opportunity to be separated in a fairly low-risk surgical procedure, with an 85% chance that one of them would survive. But, as we mentioned earlier, the critical question was to know if they also shared a soul.

No one knew that they would be conjoined twins. Nor mono-zygotic twins. Much less girls. Mr. Garza Lombardi insisted that his wife forgo the sonogram. In his position as a Hindu millionaire, his heart had been set on the pregnancy and birth taking place naturally, since they discovered her pregnancy the natural way, when she missed her period two months in a row. She had wisely told her husband that she was expecting and that they would soon need to visit the gynecologist. Her husband's refusal accompanied his joy upon receiving the news. We should let ourselves be surprised and accept the gift, come as it may, because a child is a gift, he remarked. However, neither of them knew that the zygote did not manage to split on the thirteenth day of gestation. And, science dictates, the later the separation, the greater number of organs that will be shared. So the sisters would be pygopagus twins, which is to say that they shared almost all of their

también casi todas las extremidades. Sólo cabeza, un pulmón y un brazo izquierdo las diferenciaban.

Entre meditaciones, dietas de semillas y té de menta, transcurrieron los ocho meses y catorce días de expectativa. Mandaron traer un monje partero tibetano de importación exclusiva. Se decía que el anciano participó en el parto de la sobrina del Dalai Lama. Así que un alumbramiento de lujo para un regalo de lujo. Para la mujer y el regalo de los Garza Lombardi, una de las familias pioneras en tiendas naturistas y difusores del hinduismo en México. Tres días y medio de om's, incienso y música paradisiaca; lavados estomacales para evitar que cuando el puje, el regalo se embarrara de mierda; mantras y bailes y sin embargo la mujer en el trabajo, imposible de asomar siquiera un pedazo de piel del regalo dentro de sí. Cuando la ruptura de la fuente, nada. Después nada. Quizá sean gemelos, alcanzó a pensar el monje, pero para eso se necesitaba de otra clase de meditación cesárea, que no incluye xilocaína, sino la ruptura en la piel del vientre, así, sin más. La mujer no se había preparado para aquella posibilidad. Nadie, de hecho, lo había pensado. Quizá sean gemelos, alcanzó a decir el anciano.

En la sala de urgencias de un hospital se ve entrar a una parturienta vestida de color caqui con el rostro pintado de henna. Tras la camilla, dos hombres corren con la misma vestimenta de la antes mencionada. No pueden pasar a la sala de cirugías con ropas no esterilizadas. Esperan afuera mientras otros familiares de pacientes los observan y musitan entre ellos el aspecto de esos dos que no han dejado pasar.

El ginecobstetra apoya suavemente el bisturí sobre la bolsa. Introduce las manos enguantadas en el vientre para sacar el producto. Los ojos de todos se abren para no perder de vista el regalo. Se abren mucho más con la sorpresa. También algunos labios se abren pero esto no puede verse debido a los cubrebocas. El doctor finge la naturalidad de una cesárea cualquiera pero en todos sus años nunca había sentido esa experiencia de aberración, ni siquiera cuando lo vio en el libro de deformidades neonatológicas. Esto lo llevará a tener pesadillas de vez en cuando, todas ellas relacionadas con las deformidades físicas.

organs, including the rectum and vagina. Asymmetrical: in addition to almost all of their organs, they shared almost all of their extremities too. The only parts not shared were their heads, a lung and a left arm.

Eight months and fourteen days of expectation transpired amid meditations, seed diets, and mint tea. They sent for a Tibetan monk accoucheur of exclusive import. It was said that the old man had assisted in the birth of the Dalai Lama's niece. A luxurious delivery for a luxurious gift. For his woman and for their gift, the Garza Lombardis, one of the pioneering names in natural foods stores and disseminators of Hinduism in Mexico. Three and a half days of Oms, incense and paradisiacal music; a series of enemas in an attempt to ensure that, with the final push, the gift would not be covered in shit. Mantras and dances, and meanwhile the woman in labor; nonetheless, it was impossible to catch even a glimpse of the gift within. When the water broke, nothing. Afterwards, nothing. Maybe they will be twins, thought the monk, but then he would need another kind of cesarean meditation, one which didn't involve Xylocaine, but rather breaking the uterine skin. Nothing more. The woman was not prepared for that possibility. In fact, no one had thought of it. Maybe they will be twins, mustered the old man.

In a hospital emergency room, we see a woman in labor being rushed in, dressed in khaki, her face painted with henna. Two men run after the stretcher wearing the same kind of clothing. They are not allowed to enter the operating room with their unsterile clothing. They wait outside under the scrutiny of the other patients' relatives, who whisper among themselves about the appearance of those two, those men who weren't allowed inside.

The obstetrician gently presses the scalpel against the amniotic sac. He inserts his gloved hands into the womb to extract the product. Everyone's eyes open wide so as to not lose sight of the gift. They open wider with astonishment. A few lips also part, but this cannot be seen under the surgical masks. The doctor feigns the poise of the usual cesarean, yet in all of his years he had never experienced this feeling of aberration, not even when he saw it in the book of neona-

También lo llevará a una fama efímera cuando las cámaras de televisión lo entrevisten.

A la sala de espera ha llegado el resto de la familia Garza Lombardi. Expectantes, cuentan entre ellos los embarazos múltiples en el árbol genealógico. Cómo no haberse imaginado un regalo doble. El anciano comienza un canto pero es acallado por las enfermeras. El señor Garza Lombardi se arrepiente de ni siquiera haber realizado una ecografía para recibir a sus gemelitos con más bombo y platillo. Todos le cuestionan los nombres que llevarán ya sean hombres o mujeres. No sabe. En su predeterminación pensó que sería niño, en cuyo caso, Govinda. Si niña, Bodhisattva. Lo dijo y todos aplaudieron mencionando la falta del otro. Pues Siddharta o Vasudeva, respectivamente, inquirió entre risas. Lo que le preocupaba realmente era el recibimiento de uno, un solo ente, un solo espíritu. No estaba preparado para dos. El resto de la familia también se preocupó pues compraron regalos para uno. Pero eso no importaba: lo material no importa, dijo el abuelo Garza Lombardi, lo que realmente importa es que nazcan con salud, pues de la salud depende la esencia, el espíritu.

Cuando la enfermera lo condujo a la cámara de incubación no daba crédito al ver a sus pequeñas que tenían más el aspecto de Ganesha que de un bebé normal. Es preciso mencionar que el ginecobstetra salió previamente para avisar que habían sido niñas. Como también es preciso decir que sólo al padre se le dijo, en un rincón, que estaban pegadas. Una pequeña cabeza emergía a un lado de otra pequeña cabeza y un bracito aparecía sobre el hombro izquierdo, encima del otro bracito. El resto de los bebés dormían plácidamente bajo las paredes de acrílico. Sólo la suya, las suyas, eran punto de referencia, ostranenie conceptual, diferentes, como diferente la ropa del padre, que a pesar de lucir como un vagabundo tenía más dinero que el resto de los padres de todos esos niños. Sintió vergüenza, no pena, sino vergüenza, no compasión, sino vergüenza, pura y vil vergüenza porque la vergüenza es algo que te obliga a desear morir. Vergüenza no es bella ni siquiera fonéticamente, la uve, la diéresis y la zeta dan todo el contexto morfológico. Pues él sintió esto. Deseos infinitos de

tal teratology. This will lead him to have nightmares every once in a while, all of them related to physical deformities. It will also lead him to a short-lived fame, when he is interviewed by the TV cameras.

The rest of the Garza Lombardi family has arrived in the waiting room. Expectant, they count the number of multiple pregnancies in the family tree. Why had the possibility of a double gift never occurred to them? The old man begins to chant, but is quickly silenced by the nurses. Mr. Garza Lombardi regrets the omission of an ultrasound, which would have readied him to welcome his little twins with more pomp and fanfare. Everyone asks him what their names will be if boys, or, if girls. He doesn't know. In his predisposition, he had assumed it would be a boy, in which case: Govinda. If a girl: Bodhisattva. He said so and everyone clapped, remarking on the lack of the other name. Well, he offered with a laugh, Siddhartha or Vasudeva, respectively. He had been preoccupied with the thought of welcoming one, a single entity, a single spirit; he hadn't prepared for two. The rest of the family also worried, they had bought gifts for just one. But that didn't matter, material things aren't important, said grandfather Garza Lombardi, what really matters is that they are born healthy, since essence, the spirit, depends on health.

Led by the nurse to the incubation chamber, he couldn't believe his eyes when he beheld his little ones, who resembled Ganesh more than a normal baby. It should be noted that the obstetrician had previously stepped out to announce that they were girls. As it is also important to note that he took the father aside and told him, alone, that they were conjoined. A small head emerged alongside another small head, and a little arm appeared above the left shoulder, on top of the other little arm. The other babies slept peacefully beneath the acrylic walls. Only his baby—his babies—were a point of reference, a conceptual *ostranenie*, different, the way their father's clothing was different. Their father who, despite bearing the appearance of a vagabond, had more money than the rest of these children's parents combined. He felt shame, not guilt, but shame, not compassion, but shame, pure and vile shame because shame is something that forces

morir. De que nadie, ni siquiera su familia, ni siquiera la madre, las viera. Huir lejos con sus niñas. Culpándose todo el tiempo de esa falta de ecografía, de haber sido él quien genéticamente, con su mal esperma, las había formado. Pero no sabe que éste no es un defecto genético, sino una mutación durante la gametogénesis o el desarrollo poscigótico.

Regresa cabizbajo. Avisa la diferencia de las gemelitas. Los alegres rostros se tornan ahora tristes. El tibetano menciona que esta clase de nacimientos son muy comunes en Oriente y África, incluso él ha visto personas que se desarrollan normalmente, trabajan, se casan, tienen hijos, siendo siameses. También y de manera nada táctica dice la etimología de siameses: de Siam, Tailandia, ahí nacieron unos siameses muy famosos que viajaron por el mundo llevando un espectáculo circense. Sus palabras no ayudan en nada a la familia. Nadie quiere ahora saber de etimologías, ni de siameses famosos, ni de tipos de siameses como consolación. Creo, insiste el anciano de poco tacto, que la cuestión importante es saber si comparten también el alma, a ustedes les importa eso ¿no? Si de nada ayudó con su sabiduría desenfadada y etimológica, sí aumentó la preocupación cuando todos se cuestionaron aquello tan cierto de la esencia. Pero pasó a segundo plano porque el señor Garza Lombardi tenía que entrar a ver a su esposa que despertaba de la anestesia.

3

Destapa el frasco de popper. A pesar de que lo inhala con mucha fuerza no siente la cúspide del orgasmo, sólo los efectos secundarios normales de una excitación cualquiera. Nunca ha tenido uno. Y ahora tiene que fingirlo pues su novio le ha dicho que le molesta que el sexo no la satisfaga. Grita con exageración a lo que el chico sonríe. Mejor se va a esnifar un coctel de riboflavina y coca porque si el sexo no le da orgasmos, sí le quita energías. Y sin energías se deprime y si se deprime piensa y si piensa llora.

Sus padres quieren que vuelva al sendero divino de la iluminación. Ella contesta que la iluminación le vale madres, que su

you to desire death. Shame is not beautiful, not even phonetically. A single, seemingly innocuous syllable beginning in a windy "sh" and ending in a voiceless vibration, it moves quickly, providing an entire morphological context. He felt this. The infinite desire for death. The desire that no one, not even his own family, not even their mother, ever see them. To run away with his daughters, to flee far away. Blaming himself the whole time for impeding the ultrasound, for being the one who, genetically, with his defective sperm, had formed them. Little does he know that this is not a genetic defect, rather, a mutation during gametogenesis or post-zygotic development.

Returning head-bowed, he forewarns of their difference. Cheerful faces now become downturned. The Tibetan mentions that this kind of birth is very common in the East and in Africa, that he has even seen people who develop normally, who work, marry, have children all while being conjoined. He also explains, utterly without tact, the etymology of Siamese twins: originating in Siam, Thailand, where a pair of famous Siamese twins was born and later traveled the world as a circus sideshow. His words are of no help to the family. Right now no one wants to hear about etymologies, about famous Siamese twins or types of Siamese twins as consolation. I believe, continues the tactless old man, that the important question is whether they also share a soul. That matters to you, doesn't it? If he hadn't been of any help with his casual etymological wisdom, he did raise concerns when everyone pondered the truth of their essence. However, this reflection faded into the background because Mr. Garza Lombardi had to go in to see his wife, who had woken up from the anesthesia.

3

She uncaps the bottle of poppers. Although inhaling deeply, she doesn't feel the orgasm's peak, just the normal side effects of your average arousal. She has never had one, and she now has to fake it because her boyfriend told her that it bothers him that sex doesn't satisfy her. She screams exaggeratedly, at which he smiles. Better off

oscuridad nunca podrá ser iluminada. Llama de vez en cuando a casa para pedir dinero. Cantidades desorbitantes para una estudiante de medicina. Nunca se lo niegan. Y ella se niega a pagar grandes cantidades a un dealer, por eso se ha vuelto una experta en sustancias activas de los medicamentos preescritos. El dinero lo usa para darse una buena vida y pagar mordidas a la policía. Tiene un minilaboratorio en su departamento. Usa una bata y lentes protectores para hacer mezclas de las cuales es su propio conejillo de indias. Acepta en su casa a drogadictos, borrachos y otros delincuentes que la respetan, pues cuando uno se ha querido pasar, desnuda su hombro izquierdo y dice: ¿ves esto? Estuve a punto de morir. Pero si no fui yo la que murió, la respuesta de quién, está muerta.

Le han dicho que la mezcla entre cloretano, amoniaco y alcohol es como un orgasmo. Midió su peso entre los miligramos de cada sustancia, según sus efectos, pero fue más la cruda que la satisfacción. Así que supuso que eso no era un orgasmo, sino más bien la pérdida del cuerpo, una muy leve separación de lo que compone su masa. Con más cantidad quizá se sienta más pero porque con más cantidad te mueres.

A pesar de su obvia adicción, es una estudiante ejemplar. No hay nadie en la escuela que se apasione tanto con prácticas de disección de cadáveres, ni con la infinitud de numeritos y letras de la tabla periódica de los elementos. Nadie que lleve los mejores ensayos y se formule las más difíciles hipótesis sobre tal o cual enfermedad. Además de cuestionar a sus maestros con medicina naturista. A sus padres les restriega en cara las bondades de la medicina alópata. A sus maestros les propone la alternativa natural. A sus clientes les da polvos y pastillas y líquidos que los saquen de la realidad porque dice que la realidad no existe, es un impuesto de la cultura. Así que para eliminar todo ese impuesto por los maestros y los padres y el hinduismo, es mejor el atajo hacia la nada. Porque al final de cuentas todo es nada. El absoluto es el abismo. Y a ella le gusta acariciar la nada porque hace años que se la quitaron.

sniffing a coke-riboflavin cocktail because, if sex doesn't give her orgasms, it does drain her energy. And without energy she gets depressed, and if she's depressed, she thinks, and if she thinks, she cries.

Her parents want her to return to the divine path of enlightenment. Enlightenment isn't worth shit, she retorts, her darkness could never be illuminated. Calling home every now and again, she asks for money. Exorbitant quantities for a medical student; they never refuse her. She refuses to pay large amounts to a dealer, which has led her to become an expert on the active ingredients in prescription drugs. The money goes towards living a nice life and bribing the police. She has a mini laboratory in her apartment, donning a lab coat and goggles to concoct mixtures for which she is her own guinea pig. She opens her home to drug addicts, drunks, and other delinquents who all respect her because when one of them crosses the line, she bares her left shoulder and says: See this? I was on the brink of death. But if it wasn't me who died, what is the answer to the question of who is dead?

She has heard that mixing chloroethane, ammonia and alcohol is like an orgasm. She measured her weight in the milligrams of each substance depending on its effects, but it felt more like a hangover than satisfaction. So, she assumed that it hadn't been an orgasm, rather the loss of her body, a very slight separation of the elements that constitute her mass. Perhaps she might feel more if she took a larger quantity, but only because a larger quantity would end in death.

Despite her obvious addiction, she is an exemplary student. There is no one else at school who is more passionate about dissecting cadavers during lab, or about the countless numbers and letters in the periodic table. No one who submits better essays or formulates more difficult hypotheses about such and such disease. In addition to interrogating her teachers about naturopathy, she flaunts the virtues of allopathic medicine in her parents' faces. She proposes natural alternatives to her teachers, while at the same time offering her customers powders, pills and liquids for their release from reality, telling them that reality doesn't exist: it's a cultural imposition. In order to end this imposition by teachers and parents and Hinduism, the shortcut to nothingness is best. For in the

Debemos salvar sólo a una de las niñas, dijo el doctor. El señor Garza Lombardi piensa en el tibetano, aquello de compartir el alma, su occidentalismo no ha borrado esa tradición. El ginecobstetra sonríe ante el señalamiento del padre. Luego se arrepiente pues cae en cuenta que esto es importante para él. Una de ellas es lo que llamamos gemelo parásito, es decir, carece de vida por sí solo, necesita de la otra niña para sobrevivir y a la larga le hará daño porque la columna vertebral está diseñada para cargar un solo cuerpo todo el tiempo. Pero esto no debe ser precisamente inmediato, podemos esperar unos meses en lo que se alcanza a desarrollar y usted piensa qué tan conveniente es.

Bodhisattva y Vasudeva duermen en su cunita especial. Vasudeva tiene los ojitos cerrados y respira con dificultad pues le oprime el pecho el peso de la otra. Bodhisattva no puede cerrar los ojitos porque ni siquiera tiene unos. En las cuencas hay carne, sólo carne ahuecada por la falta de los globos oculares. Pero tiene de nariz unos hoyitos malformados que le permiten seguir con vida. Una boquita sin labios y una lengüita que aunque roja, parece más la de un pajarito que la de un humano. El padre las mira dormir y piensa lo que ha dicho el médico en la última visita: si muere Bodhisattva, Vasudeva tendrá muy pocas oportunidades de vivir. Toma una decisión y llora. La madre hace lo mismo aunque de principio se niega. Mañana comprará los boletos para Houston, allá hacen mejor las cirugías de separación.

5

La doctora Vasudeva Garza Lombardi no puede realizar una cirugía. No puede pues el pulso de su brazo izquierdo falla. No le dieron la licencia que requiere como cirujano. Siempre había notado ese problema pero nunca imaginó que fuera tan grave pues en las prácticas de disección jamás tuvo complicaciones. Le atribuye la temblorina a las drogas.

end, everything is nothing. The absolute is the abyss. And, she likes to caress the nothingness because years ago they removed it from her.

4

We can only save one of the girls, said the doctor. Mr. Garza Lombardi thinks of the Tibetan and his question about the shared soul, his Westernization had yet to erase that tradition. The obstetrician smiles at the father's question. A gesture he later regrets, when he realizes how much it means to Mr. Garza Lombardi. One of them is what we call a parasitic twin, which is to say that she cannot survive on her own; she depends on the other to live and will eventually cause her harm because their spine is designed to carry only a single body. But, this doesn't have to happen right away, we can wait a few months for them to develop and you can consider how appropriate it is then.

Bodhisattva and Vasudeva sleep in their special little crib. Vasudeva's eyes are closed and she has trouble breathing, the other's weight presses down on her chest. Bodhisattva cannot close her eyes because she doesn't have any. Her sockets are flesh, meaty pits hollowed out for the want of ocular globes. She has two misshapen dimples for a nose that allow her to continue living. A lipless little mouth and a tiny tongue that, although red, seems more birdlike than human. The father watches them sleep and thinks about what the doctor told him on the last visit: if Bodhisattva dies, Vasudeva will have very little chance of surviving. He makes his decision and weeps. Their mother does the same, although at first she refuses. Tomorrow they will buy tickets to Houston, where the best surgical separations are performed.

5

Dr. Vasudeva Garza Lombardi cannot perform surgery. She is incapable because her left arm founders with the tremble. They didn't give her the license required of a surgeon. The problem had always

6

La operación fue un éxito a pesar de la muerte de Bodhisattva. El señor Garza Lombardi pide al médico los restos de su pequeña. El médico le explica que casi siempre las familias donan éstos en pro de la ciencia. A pesar de la petición para el ritual funerario, el padre acepta, pues es de egoístas no permitir la posible mejoría de un futuro.

Bodhisattva es envuelta en una bolsa transparente y sepultada en un cajón de aleación de metales para viajar por todo Estados Unidos de una clínica a otra. Ser exhumada de vez en cuando mientras muchos guantes de látex la examinan.

7

La doctora Vasudeva Garza Lombardi escribe el capítulo "La separación monocigótica en el día 13" de su libro *La compartición de almas*. Está formulándose la primera pregunta: ¿Cuántos órganos deben compartirse para compartir también el alma? Aún no sabe la respuesta y quién sabe si la sepa, además el libro no será aprobado por la sociedad médica que lo cuestionará y hará una crítica sobre la subjetividad del caso. Además, justo cuando termina de hacer la pregunta, el teléfono suena para informarle que una clínica en Boston rechazó la petición de ver todos los cuerpos de siameses que tienen para estudio. Pero esto tampoco importa pues Bodhisattva no está ahí ni en ninguna otra clínica del mundo. Sus restos fueron cremados hace diez años, cuando gracias a la negligencia, su cuerpo comenzó a pudrirse.

8

El señor Garza Lombardi sale de la clínica junto a su esposa que lleva a la niña en brazos. La operación fue un éxito, contesta al reportero de las noticias que viajó desde Monterrey para cubrir la nota de la

been there, but she never imagined it to be so severe; she had never confronted complications during dissections. She attributed the trembling to the drugs.

6

The operation was considered a success, in spite of Bodhisattva's death. Mr. Garza Lombardi asks the doctor for his little girl's remains. The doctor explains that in most cases families donate them to science. Despite his request for a funeral service, the father accepts; it would be selfish to interfere with the possibility of future medical advances.

Bodhisattva is wrapped in a transparent bag and entombed in a metal alloy box to tour the United States from one clinic to another, to be exhumed from time to time while many latex gloves examine her.

7

Dr. Vasudeva Garza Lombardi is writing the chapter "Monozygotic Separation on Day 13" of her book, *Sharing Souls.* She formulates the first question: How many organs must be shared in order to share a soul? She still doesn't know the answer and who knows if she ever will. Besides, the medical society won't approve the book anyway, they'll question and find fault with the subjectivity of the case. What's more, just as she finishes asking the question, the phone rings to inform her that a clinic in Boston has rejected her request to view the Siamese twin specimens available for research. This doesn't matter either; Bodhisattva isn't there, or in any other clinic in the world. Her remains were cremated ten years ago, when, due to negligence, her body began to rot.

8

Mr. Garza Lombardi leaves the clinic with his wife, who carries the little girl in her arms. The surgery was a success, he replies to the

separación de las siamesas. La familia se dirige al estacionamiento. El reportero los sigue: ¿Y Bodhisattva? ¿Qué ha pasado con la otra niña? Por favor, ha sido una decisión difícil, Bodhi está ahora en una mejor parte. ¿Cuáles son las expectativas de vida que se tienen para Vasudeva? Todos estamos bien ahora, y esperamos que así sigan las cosas. ¿No afectó ningún órgano de la niña? Afortunadamente no y les agradecería sobremanera que nos dejaran descansar, ha sido una jornada larga y estamos cansados. Pero ¿qué pasa con aquello que nos dijo en una primera entrevista?, lo del alma; a usted le preocupaba que compartieran el alma, ¿no es así? El señor Garza Lombardi empuja levemente a su esposa dentro de un coche. Gracias, les agradecemos su preocupación. Bueno, Cecilia, como pudimos percatarnos, la familia Garza Lombardi ha tenido una jornada larga pero la separación fue un éxito. A pesar de que no pudimos ver a la niña, sabemos por voz del padre que está bien. Esperemos que no se presenten más complicaciones, por mi parte es todo.

9

Aborrece, no, más bien, evita observar a personas incompletas en las calles, más a aquellas que nacieron con todo y en el transcurso lo han ido perdiendo. A pesar de que su ética médica la obliga a tratar con los de esta naturaleza, intenta no profundizar demasiado porque teme preguntarles: ¿cuánta alma crees que has perdido con esa ausencia? Porque para ella es una ausencia, un vacío. No las rampas de las banquetas ni las señales de discapacidad en los estacionamientos, no, eso no es lo principal; es la aptitud para seguir viviendo, quizá, con menos gramos.

Según muchos médicos forenses y embalsamadores, un cuerpo sin vida pesa veintiún gramos menos. Miligramos de diferencia en algunos casos, dependiendo del volumen espiritual. Un alma a dieta es la que se encuentra atormentada. La plena está en proceso de engorda. Las pérdidas reducen el volumen de ésta y la variabilidad de peso depende de los obstáculos vitales. Aunque los hinduistas rechazan lo material como complemento del espíritu, ella lo desniega. Todo

reporter who had traveled from Monterrey to cover the story of the twins' separation. The family marches towards the parking lot. The reporter, following them: And Bodhisattva? What about the other little girl? Please, this has been a difficult decision, Bodhi is in a better place now. What is Vasudeva's life expectancy? Right now we are all well, and we hope that things stay that way. Were any of the little girl's organs affected? No, fortunately, and I would really appreciate it if you would just leave us in peace, it's been a long day and we're tired. But, what about the question you mentioned during the first interview? The soul, you were worried that they shared a soul, weren't you? Mr. Garza Lombardi gently shoves his wife into the car; thank you, we are grateful for your concern. Well, Cecilia, as we could see, the Garza Lombardi family has had a long day, but the separation was a success. Although we couldn't see the little girl, we can hear that she is healthy in her father's voice. Hopefully, there won't be any more complications. And that concludes this evening's report.

9

She loathes, no, rather she avoids looking at incomplete people on the street, more so those who were born intact and over time have lost piece by piece. Despite this fact, her medical ethics oblige her to treat this kind of patient. She tries not to delve too deeply because she fears asking them: How much of your soul do you think you've lost through that absence? For her, it is an absence, a void. Nor does she like to look at curb ramps or the handicapped signs in parking lots, though these aren't the worst part; rather, it is the talent for continuing to live on, albeit, perhaps, with fewer grams.

According to many coroners and embalmers, a lifeless body weighs twenty-one grams less. Milligrams of difference in some cases, depending on their spiritual mass. A dieting soul is a tormented one. The full soul is in the process of fattening. Losses reduce its volume, and weight variation depends on vital obstacles. Although Hindus reject the material world as a spiritual complement, she disputes this

radica en la experiencia, en el saber. Escuchó decir en Los Simpsons que entre más inteligente más infeliz eres. Concuerda con esto pero cambiaría la palabra inteligencia por lucidez, que no es exactamente lo mismo. Por tanto, la embriaguez reduce la tristeza y casi siempre se le adjudica la felicidad. Y la felicidad es relativa según el conocimiento. En su ahora, vivir con una hermana parásito pegada al hombro, no sería, tal vez, la felicidad. Pero desearía cambiar todo este conocimiento por una gira a su lado siendo el freak show de un circo. Vivir en un tráiler juntas y contarle por las noches todos los días. Rehacerle un mundo que ella siente y la otra presente. Completar, no complementar, junto a Bodhisattva, la esencia, los veintiún gramos asignados. Ser la diversión-aberración-morbo de muchos. Pero con ella. Sin cuestionarse todo esto; ¿para qué saber que el amor consiste en la idealización del otro? ¿No sería mejor saber el amor sin saber que estamos idealizando al otro y que éste no es más que un espejo en el que nos quisiéramos ver? Mejor vernos en el espejo y asombrarnos imaginando la duplicidad sin la monotonía que acarrea el conocimiento. No soy yo, ni otro, sino un reflejo. Lo que soy está en mí. La luz está en mí, por consecuencia yo y sólo yo puedo llegar a la iluminación. Esta base filosófica le parece de poca otredad.

Tal vez por eso prefirió evadir esa parte de conocimiento en ella. Nació y creció con el hinduismo fanático que practica su familia; un abuelo que en su visita a la India trajo de souvenir la doctrina más redituable entre la clase alta; quizá poner un negocio. Y quizá la vida sería más llevadera de no saber que la cicatriz en su hombro izquierdo no fue una caída, sino la pérdida de siete punto ocho gramos de alma. Imagina esto no porque lo haya estudiado, sino porque lo siente. No exactamente en gramos pero sí por la ausencia de algo que reduce el ser.

Por eso evita observar detenidamente a los mutilados, a los incompletos, porque teme cuestionarlos. Quisiera responderse pero el conocimiento, el verdadero saber de la ausencia por medio del otro, le traería más problemas. Calla. Prefiere no embriagarse de esa lucidez que sólo la haría más infeliz.

belief. Everything stems from experience, from the act of knowing. On The Simpsons, she heard that the more intelligent you are, the more miserable you become. She agrees with this, but would replace the word intelligence with lucidity, which is not quite the same. Therefore, intoxication reduces the sadness and is almost always indicative of happiness. And, happiness is relative, in accordance with the level of one's knowledge. In her present, now, living with a parasitic sister bound to her shoulder might not be true happiness. But she would welcome the exchange of all her knowledge for a tour at Bodhisattva's side as a circus freak show. To live together in a trailer and recount each day, every night. To rebuild a world for her, one that she senses and the other presages. To complete, not complement, the essence, those allotted twenty-one grams, together with Bodhisattva. To be the diversion-aberration-morbid fascination of many. But with her. Without questioning all of this. What good is knowing that love is the idealization of the other? Wouldn't it be better to perceive love without knowing that we are idealizing the other, and that it is nothing more than a mirror in which we would like to view ourselves? Better to be amazed when looking at ourselves in the mirror, imagining duplicity, bereft of the monotony to which knowledge gives rise. I am neither myself, nor another, but rather a reflection. What I am is inside of me. The light is in me; therefore I, and I alone, can attain my own enlightenment. She feels that this philosophical truth lacks a sense of otherness.

Perhaps that's why she prefers to evade that part of the knowledge within her. She was born and raised with her family's fanatical Hinduism; a grandfather who, when he visited India, brought back the upper classes' most profitable doctrine as a souvenir; maybe he would start a business. And maybe life would be more bearable not knowing that the scar on her left shoulder wasn't from a fall, but from the loss of seven point eight grams of soul. She doesn't imagine this because of her research, but because she can feel it. Not exactly in grams, but through the absence of something that diminishes her being.

Because of this, she avoids any careful observation of the maimed and crippled, the incomplete, for fear of having to confront them.

—¿Qué tengo en el hombro, papá? Siempre duele.

Silencio. Nada.

Por lo tanto, tiene nada.

Con la nada en el hombro: el resto de la vida. Mientras nada nada en el bardo esperando. Reconocer la cicatriz igual que Penélope la de Ulises. Decir que no por nada se vive la vida.

Sino más bien todo es importante.

Porque nada es todo.

Nada nada.

Nada es.

Ser/es:

Tú.

Le han ocultado la verdad. Once años pensando que la cicatriz del hombro la sufrió cuando niña. Los invitan a un programa especial sobre siameses separados. Mostrarle entonces los recortes de periódico para no perder la oportunidad de aparecer en televisión nacional. Es que naciste con una hermanita en ti; ella dio su vida para que siguieras sana. Pero ¿dónde está ella? Ella está ahora en un mejor lugar. Quiero estar con ella. No se puede, hija, para eso tendrías que morir. Pues quiero morir. No digas eso. ¿Cómo se llama? Se llamaba Bodhisattva. ¿Como la Bodhisattva de la Medicina? Así es.

La doctora Vasudeva Garza Lombardi observa a sus albañiles colocar bien el nombre, letra por letra, de su laboratorio. La D va antes que la H, les grita. Bodhisattva, repite entre dientes, Bodhisattva. Trece

She would like to respond, but knowledge, the true understanding of absence through the other, would produce more problems. She silences herself, preferring not to get lost in this lucidity, which would only make her more miserable.

10

—Daddy, what's on my shoulder? It always hurts there.
   Silence. Nothing.
   Hence, it is nothing.

11

Bearing nothing on her shoulder: the rest of her life. Meanwhile nothingness waiting, navigating the bardo. To recognize the scar just like Penelope and her Ulysses.
To say that life is not lived for nothing.
Rather, everything is important.
Because nothing is everything.
Nothing — nothing
Nothing is.
Being/is:
You.

12

They have hidden the truth from her. She spent eleven years believing that she got the scar on her shoulder as a little girl. They are invited on a special show about Siamese twins who have been separated. So as not to miss the opportunity to appear on national television, they show her the newspaper clippings. You were born with a little sister attached to you; she gave her life so that you could be healthy. But, where is she? She is in a better place now. I want to be with her. You can't, sweetie, for that to happen you would have to die. Well then, I

punto dos gramos se encuentran plenos. En el primer anaquel, su libro, *La compartición de almas*, pues casi ninguna librería aceptó venderlo. Su padre patrocinó la edición, pues tampoco editorial alguna aceptó el dictamen. Les pareció absurda la conclusión de cómo vivir con gramos menos, mientras se espera la muerte.

want to die. Don't say that. What is her name? Her name was Bodhi-sattva. Like the Bodhisattva of medicine? The very same.

13.2

Dr. Vasudeva Garza Lombardi watches over her workers as they mount her laboratory's name. Letter by letter, the D goes before the H, she shouts at them. Bodhisattva, repeated under her breath, it's Bodhisattva. Thirteen point two grams of soul are full. On the first shelf is her book, *Sharing Souls*, which almost no bookstore has agreed to sell. Her father paid for the printing costs, since not one publisher accepted the manuscript. Her conclusion about how to live with fewer grams while awaiting death seemed absurd to them.

Carne asada (*sabadrink*)

Era sabadrink. Monótono after de algún juego de futbol. Me hastiaba el hecho de pensar en los clichés y lo trillado; sin embargo, estaba envuelto ya en esas rutinas. El mensajito celular, el nos vemos a tal hora en casa de quién sabe quién. Y las humaredas del carbón de mezquite. Lo lustroso y rojizo de la carne marinada en limón y cerveza. El aroma de la cebolla para limpiar el asador. Luego el selle y el sonido burbujeante de la sangre al contacto del hierro candente. Los regios llevamos el perfume de la carne asada en los poros de la piel.

Comimos en la ignorancia de no adivinar a qué tipo de corte le hincábamos los dientes. No arrachera, no rib-eye. Fresca res la que no deja sus restos en nuestras muelas. Víctor cocinaba sonriente lanzando más trozos a los comensales. Tortillas y una salsita molcajeteada. Cualquier blanco de las sobras (grasa, músculo y huesito) lo dábamos a un pastor alemán de la casa. Más carne con guacamole. Contrarrestábamos el sabor dulzón de aquel corte con la amargura de muchas cervezas. Las sonrisas y olvidar que somos tan rutinarios que comer carne asada, en sábado, equivale a respirar.

Cuando llegó la policía imaginamos que los vecinos se quejaban de la música tan alta. Es sabadrink, gritó alguien. Pero luego de ver armas largas y encapuchados empezamos a sacar las carteras pretendiendo dar mordida para que nos dejaran seguirle. La cosa fue en serio cuando las quejas de las esposas que apretaban nuestras muñecas. Estábamos ya borrachos y aunque opusimos resistencia, los golpes y más granaderas no se hicieron esperar. La noche en la demarcación.

Carne Asada (*Saturdrink*)

It was Saturdrink. The monotonous after-party of yet another soccer game. Wearied by the mere thought of the clichés and stale repetitions; and nonetheless I was already engulfed in those routines. The text message, let's meet at such and such a time at who knows whose house. The smoky haze from mesquite coals. The glistening and reddish display of meat marinated in lemon and beer. The scent of onion cleansing the grill. Then the sear and sizzle of blood coming into contact with red hot iron. In Monterrey, we bear the perfume of carne asada in our pores.

Eating in ignorance, we never took notice of which cut of beef we were sinking our teeth into. Neither skirt steak nor rib-eye: fresh is the beef that leaves no traces between the teeth. Smiling and tossing steaks to his dinner guests, Victor cooked on. Tortillas and a molcajete salsa, any leftover white (fat, muscle and bone) was given to the German Shepherd of the house. More meat with guacamole. We countered the sweet taste of that primal cut with the bitterness of many beers. Smiles and forgetting that to us, so set in our ways, eating carne asada on Saturday was tantamount to drawing breath.

When the police arrived, we just assumed that the neighbors had complained about the loud music. It's Saturdrink! shouted someone. We started pulling out our wallets after seeing the assault rifles and masked agents, an attempt at offering a bribe to let the party continue. We realized it was serious when our complaints rang out against the handcuffs tightly enclosing our wrists. We were already drunk

Una cruda horripilante. Declarar por la mañana. Sin saber por qué: acusados de homicidio. Entonces mi estómago supo de los cargos en una marea de vómito. A pesar de que nos soltaron en cuarenta y ocho horas de investigación, nuestras manos cubriendo rostros en el periódico.

Me aterrorizó el pensar que vomité una parte de Mariana, la ex esposa de Víctor, en el escritorio del comandante. Que ella sigue en mis intestinos esperando ser digerida. Cada vez que voy al baño la imagino y pienso en un funeral gástrico. Mariana de sabor dulzón y suavecita. Desde ese sábado quise ser vegetariano pero, comer carne asada, en Monterrey equivale a respirar.

and, although we put up resistance, fists and paddy wagons descended upon us. The night at the police station. A grisly hangover. Giving a statement in the morning. Without knowing the reason why: everyone accused of murder. My stomach learned of the charges in a surge of vomit. Even though we were released forty-eight hours into the investigation, our hands shielded our faces in the newspaper.

I was terrified thinking that I vomited a piece of Mariana, Victor's ex-wife, on the police chief's desk. That she lingers still, waiting in my intestines to be digested. Each time I go to the bathroom I picture Mariana and imagine a gastric funeral. Sweet-tasting and tender Mariana. Ever since that Saturday, I have wanted to become a vegetarian, but eating carne asada in Monterrey is tantamount to drawing breath.

Y qué si tiene Tourette

Confusion in her eyes that says it all:
she's lost control.
[...]
And she turned to me and took me by the hand
and said: I've lost control again.

Joy Division

Y qué si tiene Tourette, dijo el padre a su esposa en un acto por
hacer feliz a la hija. El hombre estaba preocupado, se sentía culpable
de haber traído a una niña que quizá estaba predeterminada
genéticamente por él; maldecía a sus ancestros cada vez que un nuevo
tic aparecía. Y qué si tiene Tourette, le gritó en cuanto vio a la madre
replicarle a Silvia que no podía asistir a ese programa de concursos.
Cansado de verla durante veintisiete años sufrir de espasmos crónicos,
ecolalia, coprolalia y palilalia, se enfrentó a su esposa. Quizá eran
las ganas de cumplirle un capricho a su nena, quizá la culpa, quizá
ese síntoma humano que tenemos cuando un ser querido está
desahuciado y tiene la última petición. La mujer se volvió reprimente,
sabía que era un riesgo que no quería correr: ver a su hija en cadena
nacional teniendo un ataque de violencia, gritando obscenidades a la
cámara, haciéndose daño con la madera del panel, con el micrófono.
Sin contar la vergüenza que sentiría cuando la captaran a ella como
madre de la loca.

So What If She Has Tourette's

Confusion in her eyes that says it all:
she's lost control.
[...]
And she turned to me and took me by the hand
and said: I've lost control again.

Joy Division

So what if she has Tourette's, said the father to his wife in an attempt
to make his daughter happy. The man was concerned, feeling guilty for
having fathered a little girl who had perhaps been genetically prede-
termined by him, cursing his ancestors each time a new tic appeared.
So what if she has Tourette's, he shouted upon witnessing the mother's
retort to Silvia that, no, she could not attend that game show. Tired
of watching her suffer from chronic spasms, echolalia, coprolalia and
palilalia over the course of twenty-seven years, he confronted his wife.
Perhaps it was the urge to grant one wish to his baby, perhaps it was
guilt, perhaps it was that sign of humanity that we show when a loved
one is terminally ill and they make one last request. The woman turned
around reproachfully, knowing that it was a risk she didn't want to take:
to see her daughter on national TV in a violent fit, hurling obscenities at
the camera, banging her body against the wood of the contestant panel's
table, striking herself with the microphone. Not to mention the shame
she would feel at being captured on camera as the mother of the lunatic.

Los señores habían criado veintisiete años a Silvia sin necesidad de una escuela, alejada de amigos que pudiesen hacerla sufrir con bromas crueles. Se dieron cuenta de la enfermedad cuando el psicólogo les dijo que sólo era déficit de atención: es una niña índigo. Luego el kínder y los golpes a sus amiguitos, la repetición de frases, de groserías que escuchaba en la calle; luego los tics: ese de alzar la cabeza abruptamente como si el cuello fuera invertebrado: el parpadeo constante, morderse las uñas, el exceso de sudor por la preocupación del fin del mundo. Alguna vez vio las *Profecías de Nostradamus* y la idea rondaba en su cabeza, tanto que todos los días cavaba un agujero en el patio para meterse cuando llegaran los ataques nucleares: lo mejor es estar bajo la tierra, escuchó decir a alguno de los científicos precavidos. El padre volvía a cubrirlo intentando culpar a los perros; mas en el fondo sabía que era Silvia, su niña, la que le dijeron que era índigo. La madre procuraba no verla, pasar por alto los ataques, los golpes, la vida.

—Y qué si tiene Tourette, sólo será una hora. Quince minutos si no pasa a la final.

Ella no dijo nada. Sólo volteó y lo miró cansada, suspiró una nostalgia futura como presintiendo la desgracia. Sirvió la cena sin decir palabras de ánimo o aprobación. Silvia se aguantaba los tics, los que podía reprimir para que la madre se diera cuenta de su capacidad de pasar un rato sin los espasmos motrices. Realmente deseaba estar en ese programa de concursos donde los participantes responden de acuerdo a una temática. Acabaron de cenar, se levantó a lavar los platos, deseaba que su mamá la viera actuar en sociedad, en la microsociedad. Que viera que podía lavar platos, levantar la mesa, decir lo siento cuando alguna grosería. El padre estaba conmovido por aquel acto de su hija, el ruego: Mamá quiero yo ir. Mamá (manos sudadas), mamá, escúchala |perraeresunaperra| mami di que sí |perraputaperra| voy a ganar yo |malditaperra|. Perdón. Papi, di algo |malditosmierdas|.

—Digo que no y la respuesta es no: N-O.

—¿Por qué? |vetealamierdadigoquenoylarespuestaesno: N-O| No me voy a enfermar |digoquenoyla respuestaesno:N-O|.

—Tú ya sabes por qué, Silvia.

The two had raised Silvia throughout twenty-seven years without need of a school, she was distanced from friends who might have made her suffer with cruel jokes. They were made aware of the illness by the psychologist who told them that it was only attention deficit disorder: she's an indigo child. Later, kindergarten and the blows from her little friends, repeating phrases, profanity that she had learned on the street; then the tics: abruptly lifting her head as if her neck were invertebrate: the constant blinking, nail biting, excessive sweating for fear of the end of the world. She once watched *Nostradamus' Prophecies* and the idea haunted her, so keenly that each day she dug a hole in the backyard to hide in when the nuclear attacks came: it is best to be underground, so she had heard from some cautious scientist. Her father would cover it back up, trying to blame the dogs; but deep down he knew it was Silvia, his child, the one they said was indigo. Her mother tried not to see her, to overlook the attacks, the beatings, life.

—So what if she has Tourette's, it will only be an hour. Fifteen minutes if she doesn't make it to the final.

She didn't say anything. She just turned and looked at him tiredly, sighing a future nostalgia as if sensing the disgrace. She served dinner without saying words of encouragement or approval. Silvia withstood the tics, those that she could suppress, so her mother would recognize her ability to go without motor spasms for a while. She really wanted to be on that game show where the participants respond according to a single topic. They had just finished eating, she got up to wash the dishes, wanting her mother to see her perform in society, in a microsociety. For her mother to see that she could wash dishes, clear the table, say I'm sorry when some profanity. The father was moved by his daughter's gesture, the plea: Mom I wanna go. Mom (sweaty hands), Mom, listen to her |bitchyoureabitch| Mommy say yes |bitchwhorebitch| I'm going to win I am |fuckingbitch|. Sorry. Daddy, say something |fuckingsacksofshit|.

—I said no and the answer is no: N-O.

—Why? |gotohellisaidnoandtheanswerisno: N-O| I won't get sick |isaidnoandtheanswerisno:N-O|.

Y QUÉ SI TIENE TOURETTE

Ella, la madre, no puede olvidar aquella escena. No puede superar los celos, el incesto, el cristianismo, el salvajismo animal; los genes, la vida, los tics, las groserías, las repeticiones, las imitaciones: ella no puede. Ya no puede y a veces quiere, sólo quiere morir o que muera ella, la otra: su hija. A veces piensa en el error, el pecado cometido para que Dios, *su* Dios le hiciera pagar con semejante castigo: una hija con síndrome Tourette, índigo, neuronostálgica, obsesiva-compulsiva: ellanopuede.

Y QUÉ SI TIENE TOURETTE

Sirve la cena en silencio. Piensa en el qué pasaría si su hija fuera al programa de concursos. En el qué cambiaría de sus vidas. Qué cambiaría de la vida de su hija, ya no la de ella, ni la de su marido. Que la historia de Silvia de pronto sufriera un cambio sería un obvio efecto en su vida también. Mas ella no sabe. Sólo recuerda; nunca está segura del futuro y el pasado siempre lo quiere olvidar. Sirve la cena en silencio. El padre le da ánimos a la hija para que siga insistiendo a su madre: le dice bonita: bonitadileamamáquenadapasará: quéropatepondríasbonita: siganasdeberásarreglarellavaboquedescompusistebonita. BONITA. BO-NI-TA: bonita: Ella no puede olvidar la escena: ella siente rabia de aquel bonita en la voz de su esposo: ella maldice por dentro haberlo conocido en el trabajo: ella maldice haberse acostado con él: ella cree que es él el culpable de las enfermedades de su hija: ella piensa en ellos mientras lo ve acariciarle el rostro y decirle: bo-ni-ta.

Y QUÉ SI TIENE TOURETTE

Una noche como todas las noches en casa de la familia García Moreno, la madre, es decir, Eugenia Moreno regresa después de haber ido con su vecina a una demostración de vitaminas y pastillas con calcio. Son ocho años atrás de esta insistencia por ir a un programa de concursos. Silvia tiene diecinueve y está sentada en la sala junto a su padre; ambos ven televisión. Don Humberto García, es decir, su esposo tiene una cerveza en la mano, con la otra cubre la espalda de su hija. Silvia sonríe y le señala a su padre una escena graciosa de

—You already know why, Silvia.

SO WHAT IF SHE HAS TOURETTE'S

She, the mother, cannot forget that scene. She cannot overcome the jealousy, the incest, the Christianity, the animal savagery; the genes, the life, the tics, the swearing, the repetitions, the imitations: she cannot. She can't any longer, and sometimes she just wants to die, or for her to die, the other: her daughter. Sometimes she thinks about the mistake, what sin was committed that God, her God, would make her pay with such a punishment: a daughter with Tourette's, indigo, neuronostalgic, obsessive-compulsive syndrome: shecannot.

SO WHAT IF SHE HAS TOURETTE'S

She serves dinner in silence, wondering what would happen if her daughter were to go on the game show, wondering about how their lives would change, how their daughter's life would change, no longer thinking about her own life, nor her husband's. That Silvia's story would soon undergo a change would have an obvious effect on her own life as well. Yet she doesn't know. She only remembers; she's never sure of the future and always wants to forget the past. She serves dinner in silence. The father encourages his daughter to keep pressuring her mother: he calls her beautiful: beautifultellmomthat-nothingwillhappen: whatclotheswillyouwearbeautiful: ifyouwinyoush-ouldfixthesinkyoubrokebeautiful. BEAUTIFUL. BEAU-TI-FUL: beautiful: she cannot forget the scene: she feels enraged by that "beau-tiful" in her husband's voice. Deep down she curses having met him at work: she curses having slept with him: she believes he is to blame for their daughter's disease: she thinks about them as she watches him stroke her face and call her beau-ti-ful.

SO WHAT IF SHE HAS TOURETTE'S

One evening like every evening in the García Moreno family home, the mother, that is, Eugenia Moreno, returns after having ac-companied her neighbor to a home demo for vitamins and calcium tablets. It is eight years prior to this insistence of going on a game show. Silvia is nineteen and sits in the living room with her father; both are watching television. Don Humberto García, that is, her

una película de Capulina. Ambos ríen. Les parece divertido ver las peripecias del gordo comediante al querer pintar una pared. Doña Eugenia, siempre precavida y llena de corazonadas, los observa desde un rincón; ellos no se han dado cuenta. El sonido de una sonaja contra el piso: se le ha caído un frasco de vitamina E que compró en la demostración. Padre e hija se vuelven para descubrir a la madre que se inclina a recoger las pastillas.

Y QUÉ SI TIENE TOURETTE

—Silvita está muy preocupada porque no tiene novio, me dijo ayer que dónde te conocí, que cómo te conocí y esas cosas que las muchachas de su edad preguntan.

—No la dejes ver esas chingaderas, las novelas nomás apendejan a las muchachas, ya le dije que sólo tiene permiso de ver películas de Capulina y programas de concursos.

—Es que yo creo que ya está en edad de que los muchachos la inviten a los bailes y a las fiestas.

—No no no, cuáles muchachos, cuáles fiestas. Ella no está pa eso, y tú lo sabes, Eugenia.

—Y entonces cómo le voy a hacer cuando me pregunte de nuevo. Qué le voy a decir.

—Eso yo lo arreglo ahora mismo. Hoy mismo. Ahora que te vayas a la demostración ésa, yo le explico cómo está el asunto.

—Qué le vas a decir.

—No te preocupes, yo ya sabré.

Y QUÉ SI TIENE TOURETTE

El sonido edípico. El sonido de una relación sexual que sólo escuchamos cuando en casa tenemos a un par de perros, un par de gatos, un par de conejos: un par de animales que son parientes. El sonido de la necesidad, no tanto del ritual, ni de la sociedad copulando para evitar su extinción: No. El sonido de un pene que entra y sale de la vagina virginal de su hija. El sonido no de una violación por parte del que te engendra. Éste es el sonido de un trato. El sonido que evitará que busques en las calles lo que te da tu familia. Es este sonido el de la educación. Es este sonido el mismo que escucha una madre que

husband, has a beer in one hand, while the other rests on his daughter's back. Silvia smiles and points out a funny scene to her father from a Capulina movie. They both laugh. They find it amusing to watch the fat comedian's exploits as he attempts to paint a wall. Doña Eugenia, ever cautious and full of premonitions, observes them from a corner; they haven't noticed. A rattling sounds against the floor: she's dropped a bottle of vitamin E that she purchased at the home demo. Father and daughter turn to find the mother bent over picking up the pills.

SO WHAT IF SHE HAS TOURETTE'S

—Our Silvia is very concerned because she doesn't have a boy-friend. Yesterday she asked me where I met you, how I met you and those things that girls ask at her age.

—Don't let her watch that crap, soap operas only make girls silly. I already told her that she only has permission to watch Capulina movies and game shows.

—It's just that I think she's old enough for boys to invite her to dances and parties.

—No no no. What boys? What parties? That's not for her, and you know it, Eugenia.

—And so what am I going to do when she asks again? What should I tell her?

—I will take care of that right now. Today. Once you've gone off to that demo, I'll tell her how it is.

—What are you going to say to her?

—Don't you worry, I'll figure it out.

SO WHAT IF SHE HAS TOURETTE'S

The oedipal sound. The sound of a sexual relationship that we only hear if at home we have a pair of dogs, a pair of cats, a pair of rabbits: a pair of animals that are coupled kin. The sound of necessity, not so much of ritual, nor of society copulating to prevent its extinction: No. The sound of a penis that enters and exits the virginal vagina of its daughter. The sound not of a rape by he who begot you. This is the sound of an agreement. The sound that will avert your

regresó temprano de una demostración de vitaminas y pastillas con calcio. Los gemidos de una hija que pareciera repentinamente curada por el miembro de su padre.

[Cuando los pacientes con el síndrome Tourette comienzan su activ-idad sexual se observará en ellos una disminución en los tics y espasmos motores; ya en la edad adulta, dichos pacientes tienden a drenar la energía que causa estos espasmos por medio de actividades sexuales como la masturbación o la cohabitación.]

Ella no compró nada. Regresaba a casa con la preocupación de qué le había mostrado Humberto a su hija, cómo había resuelto el problema. Estaba ahí, escuchando la respuesta. La división de sus posibles reacciones la hizo tragar una saliva espesa; un sudor en la frente le acompañó el momento. Los brazos se le volvieron flácidos y en su cerebro de madre-amante no había una luz que le indicara qué hacer. Optó por salir a la calle sin digerir el tiempo. Se encaminó hacia la demostración fingiendo estar interesada por la vitamina E.

Y QUÉ SI TIENE TOURETTE

Verlos ahí, disfrutando el poscoito con una película de Capulina la hacía sentirse fuera de cuadro, fuera de la escena que a una extra no le toca. Los observaba cautelosa, quizá en busca de un plan b. Tal vez esperando que las leyes divinas le perdonaran matar a los dos supuestos amores de su vida. Sacar un cuchillo de la cocina y así, así como él le había enseñado a Silvia las reglas del sexo, así, justo así ella les enseñaría las de la venganza, las de la visceralidad de una mujer dolida. Pero no. El frasco de vitamina E la salvó de la cárcel, el sonido infantil de la sonaja nada parecido al del incesto le ofreció la salida más rápida.

Y QUÉ SI TIENE TOURETTE

Don Humberto está cansado de ver sufrir a su esposa y a su hija. No sabe porqué y se pregunta por qué su única hija tiene una enfer-medad que hasta ahora él no comprende. Su ideología de rancho está dividida entre ser un macho o un consentidor. Siempre fue un buen hijo y un gran padre. En cuanto supo el padecimiento de su Silvia pensó en abandonar a Eugenia con la niña. Que batallara ella con la

roaming the streets in search of what your family gives you. This is the sound of education. The same sound heard by a mother who came home early from a home demo of vitamins and calcium tablets. Moans from a daughter who seems suddenly cured by her father's member.

[When patients with Tourette's Syndrome become sexually active, a decrease in tics and motor spasms is observed; during adulthood, said patients tend to drain the energy causing these spasms through sexual activities such as masturbation or cohabitation.]

She didn't buy anything. She returned home worried about what Humberto had shown his daughter, how he had resolved the problem. There she was, listening to the answer. The divergence of possible reactions produced a thick saliva; beading sweat on her forehead accompanied the moment. Her arms went limp and in her mother-lover brain there was no light to indicate what to do next. She opted to exit again without assimilating those minutes. She headed to the home demo feigning an interest in vitamin E.

SO WHAT IF SHE HAS TOURETTE'S

Seeing them there, enjoying postcoitus with a Capulina movie, made her feel outside the frame, outside of a scene that doesn't require an extra. She observed them carefully, perhaps searching for a plan B. Possibly waiting for divine law to forgive her the killing of the two supposed loves of her life. To take a knife from the kitchen and, just as he had taught Silvia the rules of sex, just so, just like that, she would instruct them on those of revenge, those of the visceralness of a woman scorned. But, no. The bottle of vitamin E saved her from prison. The childish sound of the rattle, not at all like that of incest, offered her the quickest escape.

SO WHAT IF SHE HAS TOURETTE'S

Don Humberto is tired of watching his wife and daughter suffer. He doesn't know the reason why, and he wonders why his only daughter has an illness that he has yet to comprehend. His small town ideology is divided between acting the alpha or being complacent. He was always a good son and a great father. As soon as he found out

chiflada. Pero no. Él cree que los problemas que la gente tiene nadie los puede resolver más que la propia gente. Sabe que también es su problema porque también es su culpa. Pero ninguno de los dos sabe que el caso de Silvia es un llamado caso esporádico, es decir, es uno de los tantos casos de síndrome Tourette que no es genético.

Don Humberto decidió resolver el problema de la actividad sexual de su hija él mismo. Su idea del amor va más allá de la relación sexual. Para él, ayudar a Silvita de esta manera era decirle: esto es lo que se siente, yo te amo pero en la calle no habrá hombre que te respete más que tu padre. Todos se burlarían de ti, a nadie le gusta estar con una loca, a la gente como tú sólo la violan. Pero no. Nunca le explicó esto ni a ella ni a su esposa que desde hace ocho años sufre cada vez que los deja solos porque Silvita anda en celo. Él no está enamorado de su hija, siente compasión por ella. La enseñó a masturbarse porque a veces él ya no puede, él ya no quiere. Ahora sólo le dice bonita porque ella le ha dicho que se siente fea.

Y QUÉ SI TIENE TOURETTE

Doña Eugenia mira a Silvia levantar los platos de la mesa. No es su rival ni mucho menos. Es su hija que la obliga a amarla porque así dictan las reglas de la familia. El padre le hace un gesto de por favor déjala que vaya al programa. La madre baja la mirada. Durante la cena ha recreado los encuentros entre su esposo y su hija. Ha pensado matarse, matarla, matarlo. Ninguna solución. Ha pensado dejarla ir y que concurse a ver si gana. Dejarla ir y que diga groserías o que repita las preguntas que el conductor haga.

Y QUÉ SI TIENE TOURETTE

Silvia lava los platos y escucha a sus padres discutir por su culpa. Los espasmos se multiplican cuando se encuentra en estas situaciones. Tiene la necesidad de golpearse la mano con una cuchara de peltre. |Dijequenoylarespuestaesno: N-Odijequenoylarespuestaesno: N-Odijequenoylarespuestaesno: N-Odijeque no|. Ella quisiera a veces que el fin del mundo llegara, así: no estar preparada con un hoyo en el patio. Que el planeta explotara junto con ella y los programas de concursos y las películas de Capulina y los tics y las medicinas y el azul de su aura.

about Silvia's affliction, he considered abandoning Eugenia with the child. Let her struggle with the spoiled little brat. But no. He believes that the problems people have can't be resolved by anyone else but those same people. He knows that it too is his problem because it too is his fault. Neither of them know that Silvia's case is a so-called sporadic case, that is, it is one of a few cases of Tourette's Syndrome that is not genetic.

Don Humberto decided to resolve the problem of his daughter's sexual activity himself. His idea of love goes beyond sex. For him, helping his little Silvia like this was a way of telling her: this is what it feels like, I love you, but out there you won't ever find a man who respects you more than your father. Everyone would make fun of you, no one likes being with a lunatic, people like you only get raped. But no. He never explained this to her or to his wife, who for the past eight years has been suffering each time she leaves them alone together because little Silvia is in heat. He isn't in love with his daughter, he feels compassion for her. He taught her how to masturbate because sometimes he just can't, he just doesn't want to. Now he only calls her beautiful because she told him that she feels ugly.

SO WHAT IF SHE HAS TOURETTE'S

Doña Eugenia watches Silvia clear the dishes from the table. She is far from being her rival. Her daughter compels love because that is what the rules of family dictate. The father gestures for her to please let Silvia go on the show. The mother lowers her gaze. Throughout dinner she has recreated in her mind the encounters between her husband and her daughter. She has considered killing herself, killing her, killing him. Not one single solution. She has considered letting her go and compete to see if she wins. To let her go and have her swearing or repeating questions posed by the host.

SO WHAT IF SHE HAS TOURETTE'S

Silvia washes the dishes and listens to them argue over her. The spasms multiply when she finds herself in these situations. She feels the urge to smack her hand with an enameled spoon. |isaidnoandthe-answerisno: N-Oisaidnoandtheanswerisno: N-Oisaidnoandthean-

Y QUÉ SI TIENE TOURETTE

Y qué si tiene Tourette, eso no significa que no pueda responder una pregunta, don Humberto le explica a la recepcionista del programa de concursos. Le dice que si no la aceptan se quejará de intolerancia hacia la gente con enfermedades motrices, hacia la gente con capacidades distintas. La recepcionista hablará con los productores del programa, ellos dejarán concursar a Silvia que ese día tendrá un vestido color rosa porque es su color favorito y cree que le dará suerte. La temática del programa es películas de comedia. Cuando toque su turno, como un sello del destino le preguntarán acerca de una escena de Capulina cuando intenta pintar la pared. Ella sabrá la respuesta pero su garganta no deja escaparla. Sus labios no pueden articular nada. La cabeza le late demasiado, necesita moverla de lugar, necesita acomodarla en su cuello, necesita recordar el momento de la escena |MamátomavitaminaEmierdatuputamadre|. Se golpeará contra la mesa de los concursantes que asustados huirán hacia el público. Nadie sabe que se está concentrando. Don Humberto correrá hacia el panel y la madre entrelazará las manos en un gesto de rogarle a Dios. Ella pedirá que la suelten, que sabe la respuesta: ¿Cuál fue la solución de Capulina para terminar de pintar más rápido? ¿Cuál fue la solución de Capulina para terminar de pintar más rápido? ¿Cuál fue la solución de Capulina para terminar de pintar más rápido? ¿CuálfuelasolucióndeCapulinaparaterminarde pintarmásrápido? ¿Cu-ál-fu-e-la-so-lu-ción-de-Capuli-na-pa-ra-ter-mi-nar-de-pin-tar-más-rá-pi-do?

—No usar la brocha |tuputamadrecuálfuelasolucióndeCapulina|, no usar la brocha y tirar la pintura en la pared |Cuálfuelasolución| tirar la pintura desde la cubeta.

Pero será tarde, la interventora de la secretaría de gobernación dirá que la respuesta está fuera de tiempo. Además de pronunciar palabras altisonantes en televisión en vivo.

No ganará el concurso. El premio consistía en una camioneta del año. La mandarán a los camerinos donde un equipo de primeros auxilios la atenderá. En los programas de chismes hablarán sobre su caso y le darán un montón de premios de consolación a su desgracia.

swerisno: N-Oisaidno|. She would sometimes like for the end of the world to just happen, just like that, to not be prepared with a hole in the backyard. For the planet to just explode along with her and the game shows and the Capulina movies and the tics and the medicines and the blue of her aura.

SO WHAT IF SHE HAS TOURETTE'S

So what if she has Tourette's, that doesn't mean she can't answer a question, Don Humberto explains to the game show's receptionist. He tells her that if they don't accept her, he'll file a complaint about their intolerance towards people with motor diseases, towards people who are differently abled. The receptionist will speak with the show's producers, they will allow Silvia to compete, who on that day will wear a pink dress because it is her favorite color and she believes it will bring her luck. The topic of the program is comedy movies. When it's her turn, as if to seal her destiny, they will ask her about one of Capulina's scenes in which he tries to paint the wall. She will know the answer but her throat will not let it escape her. Her lips cannot articulate anything. Her head is throbbing too hard, she needs to change its place, she needs to adjust its position on her neck, she needs to remember the moment of that scene |momtakesvitamin-eEshitmotherfucker|. She will beat her hands against the table for the contestants, who, frightened, will flee toward the public. No one knows that she is concentrating. Don Humberto will run toward the contestant panel and her mother will interlock her hands in a gesture to plead with God.

She will tell them to let go of her, that she knows the answer: What was Capulina's solution to finish painting faster? What was Capulina's solution to finish painting faster? What was Capulina's solution to finish painting faster? WhatwasCapulinassolutiontofinish-paintingfaster? Wh-at-wa-s-Capu-li-nas-so-lu-tion-to-fi-ni-sh-pain-ting-fas-ter?

—Not to use the brush |youmotherfuckerwhatwasCapulinassolu-tion| not to use the brush and to throw paint on the wall |Whatw-asthesolution| to throw the paint from the bucket.

Qué es el síndrome de Tourette, dirán los televidentes en su efímera otredad. Más por amarillismo de rating que por talento, le ofrecerán un papel de sirvienta con Tourette en una novela teenager. Ambos padres firmarán el contrato. Y en la sociedad chafa se creará una fugaz cultura sobre las enfermedades psicomotrices. Ella se enamorará de todos sus compañeros actores pero nadie le corresponderá. En una entrevista de talk show hablará—con el típico bip que censura las malas palabras—sobre la pérdida de su virginidad. Las luces azul y rojo de una sirena iluminarán las ventanas de la casa que rentarán los García Moreno en la capital mientras duraba la grabación de la telenovela. Ella declarará en cuanto se acabe el talk show. No sabrá por qué la policía le hace tantas preguntas. Dirá la verdad. Papá y mamá detenidos por violación. Y Silvia llorará afuera de una celda. Y un drama mayor al de la telenovela en que trabaja. Las groserías, el lo siento papi mami, perdónala |váyansealamierda|, yo no quería.

Y QUÉ SI TIENE TOURETTE

Los García Moreno esperan en la sala de su casa la llamada de aprobación en el concurso. El repiqueteo del teléfono. El sí puede concursar de la recepcionista. Los saltos de alegría. Doña Eugenia con una sonrisa forzada los abraza. Don Humberto mira a su esposa; está pensando que la vida va a cambiar.

However, it will be too late, the panel of judges will say that she is out of time, in addition to the fact that she uttered expletives on live television.

She will not win the contest. The prize consisted of a brand new truck. She will be sent to the dressing rooms where she will be treated by a team of emergency medics. They will chat about her case on gossip programs and they will give her oodles of consolation prizes for her disgrace. What is Tourette's Syndrome? The viewers will ask in their ephemeral sense of otherness. More out of sensationalism ratings than for talent, they will offer her the role of a servant with Tourette's in a teen drama; both parents will sign the contract. In mediocre society, a fleeting culture surrounding psychomotor diseases will emerge. She will fall in love with all of her fellow actors, but no one will reciprocate that love. During a talk show interview she will speak—with the typical bleep that censures bad words—about losing her virginity. Blue and red lights from a siren will illuminate the windows of the house that the García Morenos will rent in the capital throughout the duration of the soap opera's filming. She will give her statement as soon as the talk show is over. She won't know why the police are asking her so many questions. She will tell the truth. Dad and mom arrested for rape. Silvia will sob outside of a jail cell. A much greater drama than the drama in the soap opera she's acting in. The profanity, the I'm sorry daddy, mommy, forgive her |gotohell| I didn't want to.

SO WHAT IF SHE HAS TOURETTE'S

In the living room of their home, the García Morenos await the call of approval for the contest. The ringing of the telephone. The yes she can compete from the receptionist. Jumps for joy. Doña Eugenia hugging them with a forced smile. Don Humberto looks at his wife; he is thinking that life is about to change.

Shinjû oxidental* (*cuando nos encontraron, el médico forense tuvo un jamais vu*)

No es que todos debamos recordar palabra por palabra lo que nos enseñan en la universidad. Pero en esta ciudad no son muy comunes los suicidios—tabú que aún los mantendrá en la mediocridad provinciana—. Mucho menos los suicidios asistidos. Mucho menos las eutanasias domesticadas. Mucho menos los suicidios asistidos de eutanasias domesticadas orientales que implican componentes químicos, fórmulas y mezclas base de la tabla periódica de los elementos. Quién quiere matarse lentamente con veneno para un animal doscientas cuarenta veces más pequeño: nadie. Por eso el médico forense tuvo un jamais vu. Él no sabe del concepto, pero al comentárselo al chofer de la ambulancia del SEMEFO, lo describió como un olvido momentáneo. Más sencillo: un guitarrista se sube al escenario y olvida por tres, cuatro, cinco o más segundos el tono, el ritmo, la pisada correcta en el trasto correcto; un algo (un lo que sea) lo trae de nuevo a esta vida, a este tiempo. Tiene que ver con reencarnaciones, según los budistas, igual que el déjà vu. Otras personas dicen que es el sistema nervioso que te traiciona frente a un evento importante. Después todo vuelve a la normalidad. Y nada de lo anteriormente comentado es relevante, puesto que no afecta la cotidianeidad.

Así que el prometedor médico forense tuvo un jamais vu cuando nos encontró sin vida. Quizá recuerde todo esto cuando su doctorado en antropología forense y el hallazgo de osamentas porosas debido a la fórmula más común en el veneno para ratas. Sabrá entonces de mi notorio fanatismo por las doctrinas samuráis y en algún intento de

Oxidental Shinjū (*when they found us, the coroner had a jamais vu*)

It's not that we must all remember word for word what we are taught in college. But in this town, suicides are quite rare—a taboo that keeps them in provincial mediocrity still. Assisted suicides are less common. Domesticated acts of euthanasia, even less so. And rarest of all are the assisted suicides in acts of domesticated euthanasia in the Far East involving chemical components, formulas and mixtures based on the periodic table of elements. Who wants to kill themselves bit by bit with poison for an animal two hundred and forty times smaller: no one. As a result, the coroner had a jamais vu. He is unfamiliar with the concept but, when commenting about it to the morgue's ambulance driver, he described it as a fleeting lapse of memory. More simply: a guitarist takes the stage and for three, four, five or more seconds he forgets the note, the rhythm; the correct chord on the correct fret; something (an anything at all) brings him back to this life, this time. It has to do with reincarnations, according to Buddhists, as does déjà vu. Others say that it is the nervous system which betrays you in the face of an important event. Afterward, everything returns to normal. And yet, none of this is of any importance, since it has no effect on our daily experience.

And so, the promising coroner experienced a jamais vu when he found us lifeless. He may remember this scene upon receiving his doctorate in forensic anthropology and the discovery of skeletal remains which are porous due to the most common rat poison formula. He will know then that I am notoriously fanatic about samurai doctrines

responderle al morbo, buscará en Wikipedia los suicidios a dueto. La aclaración más inmediata resulta la muerte asistida de los amantes. El *porqué* del ritual es milenario. El *cómo* fueron unas ganas de implicar tu oficio de fumigador en nuestro plan. No debemos preocuparnos; sus olvidos siempre serán jamais vu, no es un potencial enfermo de alzheimer. Es un buen chico; lo supe porque nos trató con delicadeza a pesar de la moral médica de odiar los cuerpos que se dan a sí mismos la muerte. Y porque a diferencia de sus colegas, él sabrá de esta clase de rituales y, contrario a cuestionarlos, los encontrará particularmente hermosos. De alguna manera educamos a la población. Todo vale la pena.

Todo.

Luego de unos segundos, la página 236 de un libro. El capítulo de ingestión de tóxicos. La tabla periódica de los elementos en la clase de Química I en la secundaria. La leche es el mejor remedio. No inducir el vómito. Ya para qué. Además yo era intolerante a la lactosa.

and in an attempt to respond to his sense of morbidity, he will look up suicide in duet on Wikipedia. The first definition will be the assisted death between lovers. The *why* for this ritual is age old. The *how* was an urge to involve your profession as fumigator in our plan. We shouldn't worry; his memory lapses will always be a jamais vu, he is not a potential Alzheimer's patient. He is a good young man; I knew this because he handled us delicately despite the medical ethos of loathing the bodies of those who take their own lives. Because, unlike his colleagues, he will know about these kind of rituals and, rather than question them, he will find them particularly beautiful. Somehow we are educating the population. It's all worth it.

Everything.

After a few seconds, on page 236 of a book. The chapter about the ingestion of toxins. The periodic table of elements in Chemistry I, junior high. Milk is the best remedy. Do not induce vomiting: too late now. Besides, I was lactose intolerant.

La Parábola del Talk Show

La producción del programa les dio una cena gratis en el restaurante que queda a dos cuadras del canal. El lugar no es el más elegante de la ciudad pero después de tantos perdones, abrazos y besos a nivel nacional, comerían donde fuese. Lo que fuese. Quizá una vaca vieja y famélica que murió naturalmente a causa de la tristeza; una vaca cortada en trocitos que nadan en un guisado común; todo acompañado de un arroz blanco y seco, de ésos que sirven en las bodas. Quizá. Se acomodan unos frente a otros, sin buscarse los rostros; lo hacen de la manera más mecánica, igual que cuando se va hambriento a un restaurante y se hojea el menú sólo por cortesía.

El hijo mayor—ahora hija—de la familia se echa el cabello planchado hacia atrás, en un intento de no embarrarse de comida en el futuro. El menor—antes homófobo—observa este acto de manera un poco incómoda. Aún no se acostumbra a la idea de su hermano vestido de mujer. La madre menciona la ausencia del menú, pues no sabe que la cena ya ha sido asignada por la producción. Tres platos calientes son servidos a la mesa. La entrada es un ave hervida en jugo de tomate, cebolla y hojitas de laurel. La humareda de los platos desata comentarios sobre quemaduras en la lengua. Soplan por inercia, empujando el vapor hacia diversos lados. Alguna cucharada. El comentario halagador por parte de la madre, algo como qué bien se te ve ese vestido, hijita. Le dice hijita porque hace unos momentos le confesó que le gusta que le diga hijita y no hijo de puta, como solía decirle antes de mencionar que su padre lo había violado y que por

The Parable of the Talk Show

The program's producers provided them with a free dinner at a restaurant located two blocks from the TV studios. The place is not the city's most elegant, but after so many apologies, embraces and kisses transmitted nationally they would eat wherever. Whatever. Perhaps, an old emaciated cow that died naturally of sorrow; a cow cut into bits swimming in an ordinary stew; all accompanied by a dry white rice, the kind served at weddings. Perhaps. They arrange themselves facing one another, not seeking out each other's faces; they do so in the most mechanical fashion, like when one goes to a restaurant feeling hungry and just leafs through the menu out of courtesy.

The eldest son—now daughter—of the family sweeps back her straightened hair in an attempt to avoid the future slathering of food. The youngest—who, before, was homophobic—observes this act somewhat uneasily. He still hasn't adjusted to the idea of his brother dressed like a woman. Their mother notes the absence of menus, unaware that dinner has already been selected by the producers. Three hot meals are served to the table. The appetizer is a bird stewed in tomato broth with onion and bay leaves. The opaque cloud from the dishes unleashes comments about scalded tongues. They blow out of inertia, pushing the steam around the place. A spoonful. Flattering commentary from the mother, something about how nice you look in that dress, honey. The mother calls her honey because a few moments ago she confessed that she likes to be called honey and not son-of-a-bitch, as the mother was wont to call him before he had mentioned

eso decidió convertirse en mujer. El padre ya está muerto, así que no cabe culpar a nadie acerca de su decisión sexual. Un muerto sin derecho de réplica. El hermano asiente en la cordialidad. Realmente no piensa que su hermana se ve bien. Más bien piensa que se ve como una mujer malcirugeada por algún médico baratón. Pero no lo dice. Quizá cree que no le compete. Quizá, no desea más problemas ahora que todo se ha arreglado. Ella sonríe, agradece y da un soplido, luego una cucharada. Prefiere la vida así: con una familia que la acepta tal cual. Sabe que fue lo mejor: mandar un correo electrónico con su caso y las decenas de entrevistas filtro y las investigaciones y todo el papeleo y el makeover para verse especialmente bella este día. Los regalos por parte de los patrocinadores, bonos y vales de descuento en estéticas, spas y lugares que cuidan de la piel. La llamada en unos días: un ingeniero que busca una relación seria con ella. Parece que la verdadera felicidad está por venir. Adiós a los años de miedo y mentiras, a los golpes, a las habladas, a la intolerancia, a las negaciones, adiós a todo aquello que le hacía infeliz. Ahora, en esta nueva vida todo se ve mejor. Ahora, su perseverancia da frutos. Es la página final de un libro de superación personal. Ella es los créditos de una película hollywood-esca con un feliz final esperado.

Mañana tal vez despertarse con una canción y disfrutar el amanecer de olor a tierra mojada y pensar en el futuro como una gran posibilidad y respirar profundamente y llenarse los pulmones con un oxígeno que huele distinto y convertirlo en dióxido de carbono para alimentar a los árboles. El sólo pensar en esto le da ánimos y come gustoso un caldo que ya no quema. Habla de la búsqueda de pareja, de abrir un negocito, compartir con su madre los bonos y vales de belleza que le obsequiaron. Este es un momento de la felicidad más absoluta. Imagina que Dios existe pues su martirio ha sido premiado de manera poco común. Cuando el programa salga al aire, muchas personas la reconocerán en la calle, muchas querrán ser sus amigos por aquello de la fama y el estatus televisivo. Conforme este infinito abanico de posibilidades evoluciona, su optimismo se hincha en el pecho. Todo tiene solución, menos la muerte; intenta recordar este

that his father raped him and that this was the impulse behind his decision to become a woman. The father is already dead, so there is no one to blame for her gender change. A dead man with no right of reply. The brother nods for the sake of cordiality. He doesn't actually think his sister looks nice. Rather, he thinks she looks like a plastic surgery gone wrong by some bargain basement doctor. But he doesn't say it. Maybe he feels it's not his responsibility. Maybe he doesn't want any more problems, now that everything has been settled. She smiles, says thank you and blows gently, following with a spoonful. She prefers life like this: with a family that accepts her for who she really is. She knows that it was for the best: sending an email about her case and the dozens of filter interviews and the research and all the paperwork and the make-over so she would look especially lovely today. The gifts on behalf of the sponsors, vouchers and coupons for salons, spas and skincare places. The call after a few days: an engineer is interested in a serious relation-ship with her. It seems like true happiness is on its way. Farewell to the years of fear and lies, to the blows, to the gossip, to the intolerance, to the denials, goodbye to all that made her unhappy. Now, in this new life, everything looks better. Now, her perseverance pays off. It is the last page of a self-help book. She is the credits of a Hollywood movie with an expected happy ending.

Tomorrow possibly awaking to a song and enjoying a daybreak that smells of wet earth and pondering the future as one immense opportunity and breathing in deeply to fill her lungs with an oxygen that smells different and converting it into carbon dioxide to nourish the trees. The mere thought of this lifts her spirits and she gladly eats a soup that no longer burns. She chats about the pursuit of a partner, of starting a little business, sharing all of the awarded vouchers and beauty coupons with her mother. This moment is of the most absolute hap-piness. She supposes that God does exist, seeing that her martyrdom has been rewarded in an extraordinary manner. When the program airs, many people will recognize her in the street, many will want to be her friend on account of her fame and televisual status. As this infinite range of possibilities evolves, optimism swells in her breast. Every-

dicho popular y mencionarlo a su familia, como la moraleja del día, una parábola bíblica que adoctrina al resto de la humanidad dándoles esperanzas acerca de la felicidad absoluta. TODO TIENE SOLUCIÓN MENOS LA MUERTE. Todotienesoluciónmenoslamuerte. No puede recordarlo ahora, porque ahora la vaca famélica y triste del quizá está siendo servida junto al arroz blanco de boda. Si la vaca supiera el dicho y se lo hubiese adjudicado, sus pedazos no estarían en estos platos made in china. De haber huido de los malos tratos y las violaciones anales y vaginales por parte de su dueño, el suicidio del animal, en su huelga silenciosa de hambre, no sería, ahora, una realidad. Pero lo es. Y junto a ella un hermano menor que arruinará esta felicidad imitando a la vaca en unos meses. Ahorcándose con un cinto, en la cama, al final de la cohabitación con su madre. Ella dormida, cansada, pues la edad ya no le permite el disfrute del pos-coito. Orgasmo y quedarse dormida porque con los años las energías corporales disminuyen. Él no puede dejar de envidiar a su hermana mientras disfruta de esta nueva vida y de la vaca de carne dura pegada al hueso. Quisiera haber sido él quien acusa a la madre de violación en cadena nacional y obtener todos los premios y respirar mañana un oxígeno distinto para convertirlo en distinto dióxido de carbono. Quisiera ser él quien al final del programa llora y abraza a la conductora y cuando los créditos, un público aplaude su hazaña y compadece su sufrimiento. Quisieraserella. No vestirse de mujer pero sí acariciar otro cuerpo y penetrar otra vagina que no lo haya parido. Y ser por primera vez feliz. Reprime el llanto mientras hunde los pedazos de la res en la salsa condimentada. Mientras desea que mamá no se embriague demasiado para ayudar a la libido. Mientras piensa las bondades de amarrarse las trompas de falopio, pues aún peor habría sido tener un hijo de su madre. Pero los oráculos y los dioses vengativos no existen ahora. Mamá pide una cerveza para acompañar el plato; unas más y la dilatación del cuello uterino. La lubricación de la cincuentona que sonríe y brinda por esta familia. La familia que Dios le ha dado. Todo tiene solución menos la muerte, recuerda la hija y alza la Coca-Cola light que el mesero acaba de traerle.

thing has a solution, except death; she tries to remember this adage
and to tell it to her family, the moral of the day, a biblical parable that
indoctrinates the rest of humanity by bringing them hope for absolute
happiness. EVERYTHING HAS A SOLUTION EXCEPT DEATH.
Everythinghasasolutionexceptdeath. She can't remember it now, because
the sorrowful emaciated cow of perhaps is being served along with
the white wedding rice. If the cow had been familiar with the saying,
and if it had appropriated it, its bits would not be in these made-in-
china plates. The animal's suicide, its silent hunger strike, having fled
mistreatment and anal and vaginal rape by its owner, would not now
be a reality. But it is. And, along with it, a younger brother who will
ruin this happiness by imitating the cow in a few months. Strangling
himself with a belt while in bed, at the end of his cohabitation with his
mother. She, asleep, tired, for age no longer permits the enjoyment of
postcoitus. Orgasm and falling asleep because over the years the bodily
energies diminish. He cannot help but envy his sister while she savors
this new life and the cow with tough meat stuck to the bone. He wishes
that it had been him accusing the mother of rape on national TV
and getting all the prizes and tomorrow breathing a different oxygen,
converting it into different carbon dioxide. He would like to be the one
who at the end of the program sobs and embraces the host, and when
the credits roll: an audience applauding his great feat and sympathizing
with his anguish. Hewishshewereshe. Not to dress like a woman, but
to caress another body and to penetrate a vagina other than the one that
gave birth to him. And, for the first time, to be happy. He holds back
his tears while submerging pieces of beef in the seasoned sauce. Meanwhile, he hopes that mom doesn't get too intoxicated, thereby aiding
her libido. He ponders the merits of tying her fallopian tubes; far worse
would be fathering a child with his own mother. But vengeful oracles
and gods do not exist at this moment. Mom orders a beer to accompa-
ny the meal; a few more, and the dilation of her cervix. The lubrication
of the woman in her fifties smiling and toasting to this family. The
family that God has given her. Everything has a solution except death,
recalls the daughter, and she raises the Coca-Cola Light that the waiter
just brought her.

Oncofilia

Había una vez un cáncer y, aunque muchas veces hubo muchos y siguen habiendo muchos y seguirán más, es necesario mencionar que éste era especial. Además de dientes, cabello y uñas, tenía un hueco al centro. Un espacio donde se guardan las moléculas del recuerdo. Estamos, entonces, hablando de un cáncer con memoria.

Sin la capacidad del lenguaje pero cavilante, inventó un sistema de significados y significantes a través de palpitaciones e irrigación sanguínea. Muy parecido al morse; mas entre emisor/receptor existía algo distinto de la comunicación lineal. Digamos que el mensaje yuxtapuesto en sensaciones era el de una relación amorosa. Ramificaciones metastaseadas demostraban su presencia por medio de apretujones. Ramas como brazos de pulpo rosa sanguinolento decían te amo en abracitos. La víctima respondía con jadeos de dolor genuino. Entonces quimioterapia. Flebitis: venas henchidas de químicos anticariño. Violencia al cuerpo. Campo de batalla donde el terreno no es otra cosa que un físico enfermo. Cesio 147 se dio por vencido pues radioterapia no era la solución. Estábamos, pues, frente a un tumor maligno. Uno que desconocía el daño; que aprendió el amor por medio de la piel. Un parásito igual de prescindible como el resto de parásitos en la humanidad. Así unos meses. Así despertar las madrugadas duermevela en la punzada. El estómago sufriendo la invasión del enemigo que de armas lleva extensión de sí. Multiplicación. Magnificencia amatoria. Cuando la otredad no responde al amor, simbiosis no existe. Lógica independencia. La idealización es un estado que en

Oncophilia

Once upon a time there was a cancer and, although there had often been many and there will continue to be many and many more will follow, it is necessary to mention that this one was special. In addition to teeth, hair, and fingernails, it had a hollow center. A space where it stored molecules of remembrance. We are, in fact, discussing a cancer with memory.

Without the capacity for language, yet reflexive, it invented a semantic system through palpitations and blood flow. Similar to Morse code, but between the transmitter and receptor there was something which differed from linear communication. The message juxtaposed in sensations was from a love affair. Metastasized ramifications manifesting their presence in squeezes. Branches like pink bloodstained octopus arms saying, "I love you" with gentle embraces. The victim responded with gasps of genuine pain. And so, chemotherapy. Phlebitis: veins swollen with anti-affection chemicals. Violence to the body: a battlefield where the terrain is none other than diseased tissue. Caesium 147 surrendered, radiation therapy wasn't the solution. We were facing a malignant tumor. One unaware of the harm, one which had learned to love through the skin. A parasite as expendable as all the rest of the parasites known to humanity. A few months passed like that. Like that, waking in fitful dawns through the throbbing pain. The stomach suffering the enemy invasion armed with an extension of itself. Multiplication. Amative magnificence. When a sense of otherness doesn't respond

la sanidad mental sólo dura dos meses. Y este presupuesto platónico es exclusivo de los humanos. Los cánceres no saben leer a los griegos. No saben de espejos. Ni de ramos de flores. Ni aniversarios. Ni besos. Ni palabras al oído. Ni lugares comunes en la poesía. Los cánceres no leen poesía. Ni te pisan al bailar porque los cánceres tampoco saben bailar. Sólo crean coreografías arrítmicas entre vísceras para aumentar su volumen. Ensayan pasos de palpitaciones. Los cánceres preocupan y no se preocupan. Más al desahuciado. Al que en un piso de hospital se duele a gritos por un amor que no quiere. Sin embargo, cáncer es el amante leal que nunca traspasa las fronteras de la piel. No tiene ojos para alguien más fuera de nosotros. Porque tampoco tiene ojos. Ni boca. Ni orificios nasales. A veces —miméticamente— desarrollan sobras humanas: pelo, dientes, uñas. Igual que nuestro cáncer en cuestión. Pero nunca, ninguno, había tenido un hueco para albergar memoria. Una memoria que, podemos asegurarlo, tenía mayor retención que la de los peces. En lenguaje binario, hablamos de una memoria de dos gigas. Y con la memoria causal, el efecto del recuerdo. Y la historia es puro recuerdo. Así que este cáncer ahora es historia.

No es gracias a la quimioterapia. La connotación de historia no es pertinente en este discurso. Digo historia refiriéndome a la historia, su historia. No a la eutanasia de un cuasi ser por el bien de otro ser. Es historia porque esta es una historia de amor. Y si no la has entendido y si la moral y el inconsciente colectivo y la tradición y que si la cultura: falso. Si no la has entendido abandona la sintaxis de esta imagen que un IQ inferior nunca llegará a comprender. Pero sigues. Prosigo: se cuestionaba el porqué de los ataques terroristas con una fórmula química rebajada en suero; algunas veces a cuentagotas, otras directamente en la vena radial o alguna otra vena que no botara la jeringa. Líquido mezclado con sangre impidiendo que el cortejo siguiera su curso; impidiendo amor y él pidiendo amor. Enajenado no sabía que la evolución de un cáncer no es convertirse en humano o golem. Un cáncer lleva la extinción en su significado. Ya su extinción o la extinción del que habita. Así que se preguntaba cómo aquella a

to love, symbiosis doesn't exist. Logical independence. Idealization is a state in which mental health can only last for two months. That platonic presupposition is exclusive to humans. Cancers cannot learn to read the Greeks. They know nothing of mirrors. No bouquets, no anniversaries, no kisses, no words whispered into the ear, nothing of truisms in poetry. Cancers don't read poetry. They don't even tread on your feet while dancing because cancers don't know how to dance. They just create arrhythmic choreographies within viscera in order to increase their volume. They rehearse the steps to palpitations. Cancers worry us, and they don't worry. More so upon the declaration of terminal illness to a person who cries out in pain on a hospital floor for a love that never trespasses the boundary of the skin. They have no eyes for anyone else. Because cancers don't have eyes. No mouth. No nasal orifices. Mimetically, sometimes they develop human remnants: hair, teeth, nails. As is the case with the cancer in question. However, never, not one had ever possessed a pouch to store memory. A capacity for memory, which we can guarantee had a greater retention than that of a fish. In binary language, we are speaking of two gigabytes. With causal memory, the effect of recollection. And, history is pure recollection, just as this cancer is now history.

It is not due to chemotherapy. The connotation of history is not pertinent to this discourse. I say history referring to the story, its story. Not to the euthanasia of a quasi-being for the sake of another being. It is history because this is a love story. And if you haven't understood, and if morality and the collective unconscious and tradition, and if culture: false. If you haven't understood, abandon the syntax of this image, which an inferior IQ will never be able to comprehend. You continue. I resume: it puzzled over the reason for the terrorist attacks with a chemical formula diluted in saline solution; sometimes drop by drop, other times directly into the radial vein, or some other vein that wouldn't reject the syringe. Liquid mixed with blood prevents the courtship from running its course; it impeding love while Cancer imploring love. Estranged, Cancer didn't know that the evolution of a cancer is not to become human or golem. A cancer carries extinction

la que amaba hacía lo imposible por retirar los tentáculos dolorosos de su estómago. Cada torrente medicinal mermaba sus ánimos y, aunque no veía, sentía la disminución de su masa pero no de su amor. Sí, amaba a ese cuerpo que lo alimentó día con día aun los ataques. Su hueco de memoria no alcanzaba la comprensión. Porque debemos tener en cuenta que el estadio de enamoramiento tampoco comprende ni nos convierte en grandes pensadores. Y aunque él no pensaba, amaba. Y el mismo platonismo señala que: no el objeto amado sino el que ama es el amor: subjetivismo: sí: lo que sea.

La noche en que le comunicaron del metastaseo lloró como nunca. Como lloran los que se enteran que el tumor está tan abrazado a las partes, tan asido, que si se retira, la mutilación de los órganos es el siguiente paso. Se dispuso a la muerte igual a un largo e inevitable trago de leche podrida. Y, aunque había esperanzas pues faltaban meses enteros para el posible deceso, mandó llamar a un sacerdote. Es intraducible la sensación de saberse un muerto que camina, la despedida, la nostalgia regresiva aunada al dolor estomacal cada que el amor se materializa. Las confesiones. La penitencia de padresnuestros y avesmarías que quizá nunca se llegarían a pagar porque tiempo es algo de lo que los desahuciados carecen. Más llanto. Reclamos. La depresión humana está inscrita en los cromosomas: ¿cómo alguien pretende la felicidad absoluta a sabiendas que lo que te conforma, lo que te dieron, algún día ya no estará? Pero esto no es depresión. Los premuertos no tienden a ese lujo. Esto es dolor genuino. Sólo amor y muerte llevan el don. Y cuando ambos están convirtiéndose en uno solo, el anfitrión puede descifrar el universo. Por eso los suicidios de los enamorados, en conjunto (y aunque suene a oximorón), son el punto máximo de la sublimación de la vida; llevan muerte y amor en un solo acto. La existencia es este punto que de tan pequeño ni con microscopio. Ella estaba en la antesala de este punto.

Él, desde su casa estomacal, asido a esófago y epiplón causa peritonitis. No es la primera vez pero es la primera vez que es intensísimo. Intencionado. Intuición es el inicio de la sapiencia. E intuye la próxima separación. Es el marido que busca recuperar el matri-

in its signified. Its own extinction already, or the extinction of the host it inhabits. Cancer asked itself how the object of its affections could be doing everything she could to remove the painful tentacles from her stomach. Each medicinal torrent diminished its resolve and, although without sight, Cancer felt its mass dwindling, but not its love. Yes, Cancer did love the body that fed it day after day, even with the attacks. Its memory pouch could attain no state of comprehension. For we should bear in mind that the infatuation phase doesn't comprehend, nor does it transform us into great thinkers. And, although it didn't think, it loved. Platonism stresses that it is not the *beloved*, rather the *lover* which is love: subjectivism: yes: whatever.

The night they informed her of the metastasis she cried like never before. She wept as those who learn that the tumor is so entwined with the parts that if removed, the mutilation of the organs will ensue. She prepared for death just as one would prepare for an inevitable long gulp of spoiled milk. And, although there was hope yet, for the possible death was still whole months away, she sent for a priest. It is impossible to translate the feeling of knowing that you are moribund: farewells and regressive nostalgia coupled with stomach pain each time love materializes. Confessions. The penitence of ourfathers and hailmarys that might never pay off because the hopeless lack time. More sobbing. Protests. Human depression is inscribed on the chromosomes: How can anyone aim for absolute happiness knowing full well that what you are made of, what lot you were given, that one day none of it will exist? But this is not depression. The pre-dead aren't prone to that luxury. This is genuine pain; only love and death bear the gift. When both are becoming one, the host can decipher the universe. It is because of this that lovers commit suicide, together (although it sounds like an oxymoron) they are the peak of the sublimation of life; they carry out death and love in a single act. Existence is this point, so small that not even with a microscope. She was in the prelude to this point.

Cancer, from its stomachal home, clings to the esophagus and omentum, causing peritonitis. It isn't the first time, but it's the first

monio por bien de los hijos (oncógenos). No sabe que esto es amor porque no conoce el concepto. No sabe que quizá esto sea costumbre o comodidad porque tampoco sabe qué es la costumbre y qué la comodidad. Pero ha de suponer que no costumbre y no comodidad es quimioterapia. El resto es el resto. Y sus restos, en algún nivel primitivo de la información se enteraron del desamor abruptamente.

Angustia comenzó a secarlo. A veces los porqués en grietas pues sin habla la expresión se busca. Menos de una semana: ruptura. Cuando la memoria: sentimientos. Sentimientos no son sensaciones; unos mentales las otras más eróticas. De una soberbia masa rosada fue disminuyéndose a una mucosa blancuzca. Era un cuerpo que a rappel cae de las piedras: sin arnés. Interrupción. Extinción. No químicos sino tristeza. La medicina habría atacado también a los órganos que, sin explicación, estaban intactos. Si es imposible traducir la sensación de un premuerto, igual de imposible parece la trascripción del desamor: gritar saudade con la boca llena de canicas. El premuerto anhela vida; el desamado, muerte. Antónima relación de significancias. Un cuerpecito que a juzgar médico parecía maligno pero a juzgar nuestro era benigno. De haber mutado a hombre sería un buen ser humano. Uno que acaricia nucas cuando la tristeza, hace hot cakes los domingos por la mañana, no tira basura en las calles y la separa en orgánica e inorgánica, mira el Discovery Channel con un rostro lleno de ternura, revierte anatemas con su sonrisa y nos despierta en cumpleaños con las mañanitas. Uno que cocina lasagna vegetariana aunque no haya ricotta en el supermercado, que desanuda las bolsas de plástico en vez de romperlas y limpia la casa tarareando una canción de la infancia. Ese habría sido nuestro ser humano. Pero en cambio era un cáncer gástrico. Un maligno tumor gástrico que no se detiene a pesar de la irritación intestinal. Porque esa es su naturaleza. Preferible ser un excelente limosnero que un pésimo padre de familia. Y él sólo estaba siendo un buen tumor maligno.

Cuando amor se entera de que es prescindible algo muere y nace el miedo. Los desamados patean una lata por las calles, se embriagan y balbucean canciones. Imposible respirar de tanto moco.

time that it is so intense. Intentional. Intuition is the beginning of sapience. Cancer intuits the impending breakup. It's the husband who seeks to save the marriage for the good of the (oncogenic) children. Cancer doesn't know that this is love because it is unacquainted with the concept. Nor does it know that this might be habit or convenience because Cancer also doesn't know what habit and convenience are. So, Cancer could presume that chemotherapy is no habit and no convenience. The rest is the remains. And, on some primitive informational level, Cancer's remains abruptly realized the love undone.

Anguish began to dry it out. Sometimes the whys rending new fissures; without language expression is wanting. Less than a week: break up. When the memory: emotions. Sentiments are not sensations: some mental, the others more erotic. From an arrogant pink mass dwindling to a creamy mucus. It was a body that, rappelling, falls on the rocks: no harness. Interruption. Extinction. No chemicals, rather sorrow. The medicine should have also attacked the organs, which without explanation, remained intact. If it is impossible to translate the feeling of the pre-dead, the transcription of lovelessness seems equally impossible: to scream saudade with a mouth full of marbles. The pre-dead long for life, the lovelorn, death. Antonymic relationship of significances. Deemed malignant by medical judgment, a little body is found benign in our verdict. Upon having mutated into a human, it would be a good human. A human who gives neck rubs when there is sorrow, makes pancakes on Sunday mornings, doesn't litter and separates recyclables from the trash; who watches the Discovery Channel with a tender expression, reverses anathemas with a smile and whose serenades of Las Mañanitas wake us on our birthdays. One who cooks vegetarian lasagna even though the supermarket is out of ricotta cheese, unties plastic bags instead of breaking them open, and cleans the house while humming a childhood tune. This would have been our human. But instead, it was a gastric cancer. A malignant gastric tumor which, in spite of the intestinal irritation, just wouldn't give up. That is its nature. Preferable to be an excellent beggar than an awful family man. And Cancer was just being a good malignant tumor.

Pero ¿cómo alguien que no sabe cantar ni beber ni patear latas por las calles, llega a superarlo? Olvidándose. *Sólo una cosa no hay. Es el olvido.* Desmembramiento. Desprendimiento. Fragmentaria nimiedad. Él quiso ser olvido pues el olvido no existe. Y comenzó a cerrar ese hueco de memoria. Ella alza comisuras ante la noticia del doctor: es un milagro: fueron las oraciones: la quimioterapia es un método avanzado: en estos casos lo mejor es actuar a tiempo y parece que lo hicimos: el cabello crece. El abandono de la cama y el catéter. Nunca extrañar lo que no se conoció. Nunca saber que las historias de amor a veces nacen por exceso de amonio en la cerveza. La inexistencia existe cuando se nombra.

Moléculas de recuerdo se dispersaron entre las vísceras para buscar la salida de emergencia que son los poros. El amor no se crea ni se destruye. Sudor la remembranza: *Sólo una cosa no hay. Es el olvido.*

En una servilleta del VIPS mientras las risas celebran salud, la humedad salitrosa irá directo al bote de basura. Junto a otras servilletas de las que alguien más escribirá algún día.

When love realizes that it's expendable, something dies and fear is born. The unloved kicks a can down the street, gets drunk, and babbles songs; impossible to breathe with so much snot. But how can someone who doesn't know how to sing or drink or kick cans down the street get over it? Oblivion? *There is just one thing that doesn't exist. Oblivion.* Dismemberment. Detachment. Fragmentary minutia. It wanted to be oblivion, but oblivion doesn't exist. It began to close that memory pouch. The corners of her mouth rise with the doctor's news: it's a miracle: the prayers worked: chemotherapy is a state-of-the-art treatment: in these cases it's best to act quickly, and it seems like we did: her hair grows back. The abandonment of the bed and catheter. To never miss that with which we are unacquainted. To never know that sometimes love stories are born due to the excess of ammonium in beer. Nonexistence exists when it is named.

Memory molecules disperse among the viscera in search of the emergency exit: the pores. Love is neither created nor destroyed. Sweating remembrance: *There is just one thing that doesn't exist. Oblivion.* Scrawled on a napkin from VIPS Diner while smiles celebrate health, the salty moisture will go directly into the garbage can. Along with other napkins on which someone else will some day write.

The She

Ella está a punto de cortarse las venas: la navaja de afeitar le acaricia las muñecas tibias por el palpitar agitado. Llora el pasado que la obliga al presente: siempre el PASADO.

Hace unas horas: el señor Rodríguez le comunica a su esposa que ya no puede tolerar su neurastenia. Le quitará los niños porque ella no puede criarlos más.

En la televisión: una mujer está a punto de cortarse las venas porque su esposo la deja a causa de una enfermedad mental, le quitará los niños.

En el teléfono: —Estoy con mi abogado, creo que es lo mejor para todos.

Del otro lado de la pantalla: una mujer está a punto de cortarse las venas mientras ve a una mujer intentando cortarse las venas. La primera mujer dejará un charco de sangre que se secará porque nadie descubrió su cuerpo a tiempo. La segunda mujer perderá el premio TVyNovelas a la mejor actuación. La primera mujer se llama Eva, tiene dos hijos que quedarán traumados por el suicidio; en el futuro la gente inventará que se aparece en su departamento. La segunda mujer no importa, alguien ya la habrá olvidado. La tercera mujer es ella y no existe para nadie: por eso la navaja.

The She

She is about to slit her wrists: a razor strokes the warm skin near her racing pulse. She weeps for the past that compels the present: always the PAST.

A few hours ago: Mr. Rodriguez tells his wife that he can no longer tolerate her neurasthenia. He will take away the children because she is no longer capable of raising them.

On television: a woman is about to slit her wrists because her husband is leaving her because of her mental illness, he will take the children.

On the phone: —I'm with my attorney. I think it's best for everyone.

On the other side of the screen: a woman is about to slit her wrists while watching a woman trying to slit her wrists. The first woman will leave a puddle of blood, which will dry up because no one discovered her body in time. The second woman will lose the TVyNovelas Award for Best Performance. The first woman's name is Eve, she has two children who will be forever traumatized by the suicide; in the future, people will imagine her haunting their apartment. The second woman does not matter, someone will have already forgotten her. SHE is the third woman and doesn't exist for anyone: hence the razor.

Comunicación

Masturbación. Cloruro de etilo. Nadie sabe el mundo de Alejandra. *Alejandra in mierdaland.* Alejandra en el país de la soledad. Comunicóloga sin comunicación. Le divierte chingarse a sí misma.

Aún no entiende la vida, ni los años gastados en la universidad. Ni el trabajo en la oficina, ni a los sementales trajeados que se pasean frente a ella cargando fólders o papeles; los imagina a todos como padres potenciales de sus hijos. Casarse. ¿Para qué? Para tener una vida real, un motivo, ganas de algo. Siempre ha pensado en la posibilidad de ver a un niño corriendo por la casa. Mamá. Quiere que alguien la llame mamá. Ir por calificaciones a la primaria, comprar un juguete en navidad, inventar que fue Santa quien lo trajo.

Ayer, aburrida del onanismo mecánico, viendo el teléfono que no timbraba hacía semanas, tuvo una idea. Sonrió porque le parece interesante lo prohibido, lo dirty, lo ridículo. Llamarse a sí misma. El celular en vibrador. Introducirlo en la dilatación. Marcar su número. El vibrar en pausas. La pantalla iluminada en la oscuridad de las paredes vaginales. Una llamada perdida de la casa. El aroma post satisfacción en las teclas. Unas chispeadas de Hugo Boss for girl y listo.

Ale alone. Tras un escritorio, frente a la computadora, actualizando páginas sin actualizar la vida. Escucha a Alejandro Sanz a bajo volumen. No le gusta Alejandro Sanz pero tiene un disco que le regaló un ex. Me trae recuerdos, es todo, así le dijo a la última compañera que le cuestionó los gustos. En realidad no prefiere alguna música en especial. Siempre se apropia de los lugares comunes. Si está deprim-

Communication

Masturbation. Ethyl chloride. No one is acquainted with Alejandra's world. *Alejandra in Shittyland*. Alejandra in Lonelyland. Communicologist without communication. She has fun screwing herself over.

She still fails to understand life, or the years spent at college. Neither the job in the office, nor the suited stallions who parade in front of her, carrying file folders or papers; she imagines all of them as potential fathers to her children. Marry. What for? To have a real life, a reason, to yearn for something. She has always contemplated the possibility of seeing a child run around the house. Mommy. She wants someone to call her mommy. To collect report cards at elementary school, to buy a toy at Christmas and pretend that it was Santa who brought it.

Yesterday, bored with mechanical onanism, an idea came to her while looking at the phone that hadn't rung in weeks. She smiled, interested in all things forbidden, dirty, ridiculous. To call herself and to set the phone to vibrate. Insert it upon dilation. Ring her number. Vibration in pauses. The screen lit up in the darkness of her vaginal walls. A missed call from home. The post-satisfaction scent on the keypad. A few spritzes of Hugo Boss for Her and ready to go.

Alejandra alone. Behind a desk, in front of the computer, refreshing websites without refreshing life. Listening to Alejandro Sanz on low. She doesn't like Alejandro Sanz, but she has an album given to her by an ex. It brings back memories, nothing more, is what she told the last co-worker who questioned her taste. In truth,

ida le agradan las letras tristes; si alegre, cualquier ritmo guapachoso o monódico. Se cree la típica mujer treintañera en el Y2K. Soy tan común, soy como el resto. No, Alejandrita, no, no, no: No. Eres la típica mujer treintañera en el Y2K que pinta para una perfecta vida en soledad, en sociedad. Te vas a deprimir cuando en el café tus amigas hablen sobre problemas maritales, hijos, rentas, obligaciones. Volverás a casa en tu auto de modelo reciente que aún no terminas de pagar, con la canción que te recuerda al último amante, con el DJ Random en la radio. Pensando en el si yo hubiera. Eras bonita y empiezas a dejar de serlo. Deprimirte por no tener una charla, hijos que te den problemas para ser como el resto. Llegarás a casa a introducirte el último invento en vibración.

¿Ya te vas? Ay, ¿por qué? ¿Te incomoda que hablemos sobre nuestras familias? Si quieres hablamos de otra cosa. No, gracias, sólo quiero ir a casa, recostarme en la cama y cogerme a mí misma.

Aún no llega a tal punto. Aún hay salvación. Así es, Ale, todo tiene solución menos la muerte. Hay muchos buenos hombres en la calle, profesionistas guapos, solteros. Muchos. Se reproducen como gremlins con el agua. Pero estamos en una ciudad desértica. Ah, pero cuando llueve, llueve mucho. Esperar el día nublado como una solución le parece una idea coherente. Salir los días lluviosos con un paraguas buscando al príncipe azul. La culpa es de las telenovelas, la idea de la estética famélica que introdujiste en la visión.

Suicidio: no. Para qué. Las reglas dictan que la gente debe vivir hasta que el Creador así lo desee. Sí, pero las reglas también dictan que la gente no puede introducirse celulares en la vagina y llamarse a sí misma. Eso no dice la Biblia. Lo diría si hubiesen existido los celulares. Pues entonces agradezcamos que no prohibieran lo desconocido. Bien.

—Te amo —se dice.

—Yo también te amo —se dice en el fingido diálogo mientras marca su número.

{{{Vibrar}}} {{{vibrar}}} {{{vibrar}}} {{{vibrar}}} {{{vibrar}}}: el número que usted marcó no está disponible o se encuentra fuera del área de servicio. Redial.

she doesn't prefer any music in particular. Always appropriating clichés, if she is depressed sad lyrics gratify her; if she's happy, any tune, whether sexy and guapachoso, or monophonic. She sees herself as a typical thirty-something Y2K woman. I am so ordinary, I'm just like all the rest. No, Alejandrita, no, no, no: No. You are the typical thirty-something Y2K woman fit for a perfect life in solitude, in society. Depressed when, at the cafe, your friends chat about marital problems, children, rent, obligations. You'll return home in your late model car that you still haven't finished paying off, listening to a song, courtesy of the radio's DJ Random, that reminds you of your last lover. Thinking about the if onlys. You were beautiful and you will become less and less so. Becoming depressed because you won't have small talk, children that give you trouble so you can be just like the rest. You will come home to insert the latest innovation in vibration inside yourself.

You're leaving already? Ah, but why? Does it bother you that we're discussing our families? If you want, we can talk about something else. No, thanks, I just want to go home, lie down in bed, and fuck myself.

She hasn't reached that point yet. There is still a chance of salvation. That's how it is, Alejandra, everything has a solution except death. There are a lot of good men out there, handsome professionals, bachelors. Many. They reproduce like gremlins with water. Alas, we are in a desert city. Ah, but when it rains, it pours. Waiting for a cloudy day passes for a coherent solution to her. Going out with no umbrella on rainy days in search of Prince Charming. Blame it on the soap operas, the emaciated aesthetic that you thrust in front of your eyes.

Suicide: no. What for. The rules dictate that people must live as long as the Creator so wishes. Sure, but the rules also dictate that people cannot insert cell phones into their vaginas and then call themselves. The Bible doesn't say that. It would have said so if cell phones had existed. Well, anyway we are thankful that they didn't forbid the unknown. Right.

—I love you—she tells herself.

—I love you too—says the mock dialogue while she calls her number.

—Soy tan feliz contigo.

—Yo lo soy más, mucho más.

Redial. No hay más vibración, se acabó la batería.

Así también se acaban las ganas. Alguien debería inventar un cargador para las ganas. Pero hay antidepresivos. Pero sería más sofisticado conectarse a la electricidad. Pero sería peligroso, además no tenemos una entrada para meter el cable. Pero ahora la tecnología está bien avanzada. Pero, pero, pero. Nada de peros, ve al botiquín tras el espejo. Cloruro en la blusa de dormir. Aspirar. Aspirar. Retraso de cinco segundos en la realidad. Acostarse en la cama. El techo. El techo. El techo. La oscuridad bajo los parpados. El techo. Eltechoeltechoeltecho.

EL TECHO

—Hija, tu mamá y yo, estábamos pensando que, bueno, pues que ya eres grande. Te pagamos una carrera en Ciencias de la Comunicación. Nunca has trabajado. Además nosotros nos estamos haciendo viejos.

EL TECHO

—Tu padre y yo decidimos vender la casa para regresar al pueblo donde él nació, pasar ahí nuestros últimos días.

EL TECHO

—Creemos que ya estás grandecita, ya puedes valerte por ti misma.

EL TECHO

—Tus hermanos ya tienen sus vidas hechas, ¿y tú?, mírate, creemos que estamos chiflándote demasiado.

EL TECHO

Hoy por la mañana el horóscopo en el periódico: CAPRICORNIO: Las cosas en el trabajo resultan como las planeaste |Así es.| Las relaciones familiares se mantendrán estables |Bien, están a horas de aquí y es mejor.| Esta semana el dinero fluye |Es quincena.| La monotonía

{{{vibrate}}} {{{vibrate}}} {{{vibrate}}} {{{vibrate}}}: the number you are trying to reach is currently unavailable. Please hang up and try again. Redial.

—I'm so happy with you.

—I am happier, much much happier.

Redial. No more vibration, the battery ran out.

Just like that the urge dies too. Someone should invent a charger for urges. But there are antidepressants. It would be more sophisticated to plug ourselves into the electrical outlet. But that would be dangerous, anyway there's no outlet to plug the cable into. But technology is very advanced now. But, but, but. Nothing of buts, she goes to the medicine cabinet behind the mirror. Ethyl chloride on her nightgown. Inhale. Inhale. A five-second delay in reality. Lie down in bed. The ceiling. The ceiling. The ceiling. The darkness beneath her eyelids. The ceiling. Theceilingtheceilingtheceiling.

THE CEILING

—Alejandra, your mom and I were thinking that, well, that now you're old enough. We paid for your degree in Communication Sciences. You've never held a job. What's more, we're getting old.

THE CEILING

—Your father and I decided to sell the house so we can move back to the town where he was born, spend our last days there.

THE CEILING

— You're a big girl now, you can fend for yourself.

THE CEILING

— Your siblings have made a life for themselves, and you? Look at you, we think that we're spoiling you too much.

THE CEILING

This morning's horoscope in the newspaper: CAPRICORN: Things at work turn out as planned |That's how it is.| Family relationships will remain stable |Well, they are hours away from here, which

regulará el estrés |La monotonía, por supuesto, la monotonía. Si hay alguien constante en mi vida es ella: la monotonía.|

—Felicidades, licenciada Alejandra es usted uno de los miembros más destacados de nuestra empresa, un engrane necesario para que esta gran máquina funcione.

Gracias, señor don jefe gordo bigotón con un Jaguar y cigarros Saratoga. Gracias. Todo lo que anhelaba en mi vida: ser un engrane. Gracias, mi autoestima se ha disparado de manera increíble. Soy un engrane. Hola, soy Alejandra, el engrane necesario, ¿alguien quiere pasar el resto de su vida conmigo?, ¿algún voluntario deseoso de preñarme? Podríamos compartir mi botella de cloruro de etilo. El celular no lo comparto. Es mío, ya saben, soy algo celosa. El amor de mi vida cuando no se descarga.

Una sonrisa.

—Gracias, señor, sólo cumplo con mi trabajo.

EL TECHO

El celular apagado; el amor cansado a un lado de la cama. Hugo Boss for girl antes de que se impregnen las teclas. Enciende la radio en la estación que acostumbra escuchar en la oficina: música ochentera en español: *Seré tu amante bandido, bandido; corazón, corazón malherido.* Pone el celular a cargar: *Yo seré un hombre por ti.* CARGA OPTIMIZADA: *Renunciaré a ser lo que fui.* Huele a ella: a su sexo y a Hugo Boss: *Me perderé en un momento contigo.* Lo abandona en el buró mientras se carga: *Por siempre, seré tu héroe de amor.*

Cloruro de etilo en la blusa de dormir, aspirar, aspirar, recostarse en la cama.

EL TECHO

is better.| Money flows this week |It's payday.| Monotony will regulate stress |Monotony, of course, monotony. If there is a constant in my life, that's it: monotony.|

—Congratulations, Alejandra, you are one of the most distinguished members of our company, an essential cog in the operation of this great machine.

Thank you, sir Mr. Fat-stache bossman with your Jaguar and Saratoga cigarettes. Thank you. My whole life's aspiration: to be a cog. Thank you, my self-esteem has been boosted incredibly. I am a cog. Hello, I'm Alejandra, the essential cog, does anyone want to spend the rest of their life with me? Some volunteer eager to impregnate me? We could share my bottle of ethyl chloride. I do not, however, share my cell phone. It's mine, as you know, I'm a little jealous. It's the love of my life when it's charged.

A smile.

—Thank you, sir, just doing my job.

THE CEILING

The phone turned off; tired love at her bedside. Hugo Boss for Her before the keypad is drenched. She turns the radio to the station they listen to at the office: Spanish eighties music: *Seré tu amante bandido, bandido; corazón, corazón malherido.* She charges the phone, *Yo seré un hombre por ti.* CHARGE OPTIMIZED: *Renunciaré a ser lo que fui.* It smells of her: of her sex and of Hugo Boss: *Me perderé en un momento contigo.* She abandons it on the nightstand while it charges: *Por siempre, seré tu héroe de amor.*

Ethyl chloride on her nightgown. Inhale, inhale lying down in bed.

THE CEILING

De una mujer que camina sin latir (*cuerpo quiere Libertad*)

A un Buda Verde.
A una Bestia Verde.
A unos Ojos verdes
(con óxido y miel).

Despierto. Por primera vez un trillado músculo guindo en la sábana. Intento colocarlo en la parte izquierda del pecho pero resbaloso—inasible/imposible—salta con su ejercicio de sístole-diástole. Late. Ventrículo izquierdo me observa lacrimosa. Aorta ascendente dice adiós en corazónido. Adiós no es hasta luego. Dejo caer el hueco de mi pecho para insertarlo otra vez. ¿Sabes algo? Somos un equipo, debes estar conmigo, nunca se ha visto a una mujer sin corazón—literalmente—. Interventriculares ríen. Se burlan. Desangran mientras sin conexiones lo ejercitan. Rojiza húmeda cama en agonía. La glándula pituitaria lleva nostalgia: revolucionaria secretea al encéfalo un posible divorcio. Esperen. No pueden hacerme esto. Sonríen en grietas sin comisuras. La risa no necesita boca.

Restos de mi atlas anatómico encuentran el albedrío. Anarquistas. Budistas descubren fragmentación: ¿No es esto lo que buscabas? Cabizbaja asiento. Necesito planear rápido qué voy a decirle al doctor cuando el mundo pueda ver a través de mi tórax. Él, orgulloso, sigue latiendo sin mí: en otra latitud.

On a Pulseless Woman Walking (*body seeks Liberty*)

To a Green Buddha.
To a Green Beast.
To some Green Eyes
(with rust and honey).

I awake. For the first time, a hackneyed wine-colored muscle lay on the bed sheet. I try to lodge it into the left side of my chest, but slippery—impalpable/impossible—it leaps in its systolic-diastolic exercise. Beating. Left Ventricle observes me tearfully. Ascending Aorta says farewell in cardialogue. Farewell is not see you later. Trying to wedge it back in, I lower the hollow in my chest over it. You know what? We are a team, you belong with me, the world has never seen a heartless woman—literally. The veins laugh. They tease. Bleeding while, without connections, they exercise it. Humid rubicund bed in agony. The pituitary gland bears nostalgia: revolutionary murmurs a possible divorce to the encephalon. Wait. You can't do this to me. Smiling through fissures without dimples; laughter does not need a mouth.

Remnants of my anatomical atlas find free will. Anarchists. Buddhists discover fragmentation: isn't this what you were searching for? Head bowed, I nod. I need to quickly plan what I will tell the doctor when the world can see through my thorax. Proud, it continues to throb without me: in another latitude.

Maceta de carne

1

El humano es, por naturaleza, conformista. La naturaleza, por naturaleza, es también conformista. Ningún excelente objetivo debe tener como meta la finitud. Y, aunque he visto a muchas plantas aferrarse en la sequía, también fui testigo de las muertes de mi padre, de mi abuelo y otras tantas desgracias de etcéteras familiares.

Esta metáfora es *una constelación hirviendo dentro de la piedra.*

2

Cuando los españoles nombraron al frijol, tomaron dicho significante de la raíz latina *phaseolus.* No imaginaban que el convencionalismo los llevaría después a renombrarlos alubias o judías; ni que en su convencionalismo, otras culturas habríamos de reproducir el frijol con otras bocas. Quién diría que el naturalismo alimenta y el convencionalismo predetermina. *Phaseolus* o no, su alto contenido en hierro, ha persuadido el hambre y la imaginación (cuando el hastío) de prepararlos de múltiples maneras. Nos reconocemos en un significante y somos su significado.

Innegable ser *phaseolus* y todas sus formas. Innegable reconocer nuestra ancestral convivencia por los siglos de los siglos.

Skincubator (*fleshpot*)

1

Human beings are, by nature, conformist. Nature, by nature, is also conformist. Not a single excellent objective should have finitude as its goal. And, although I have seen many plants take root in drought, I was also witness to the deaths of my father, my grandfather, and so many other misfortunes of familial etceteras.

This metaphor is *a constellation seething inside of the rock.*

2

When the Spaniards christened the bean "frijol," they took said signifier from the Latin root *phaseolus*. They never imagined that conventionalism would later lead them to then rename it a "kidney" or "black turtle" bean; or that, in their conventionalisms, we other cultures would reproduce the bean with our other's mouths. Who would have thought that naturalism nourishes and conventionalism predetermines. *Phaseolus* or not, their high iron content has swayed hunger and the imagination (when weary) to prepare them in a myriad of ways. We recognize ourselves in a signifier and we are its signified. Irrefutable being *phaseolus* and all its forms. Irrefutable in recognizing our ancestral coexistence, now and forever.

Era por los años sesenta cuando mi abuelo se convirtió en una cifra del desempleo. Era también su inexorable suerte la que lo obligó de inmediato a aceptar un puesto como cargador en Ferrocarriles Mexicanos. Fue también su cultura y su poca previsión, lo que los llevó a él y a mi abuela a tener diez hijos, imaginando reponer con uno, la potencial muerte de algún otro. Mejor tener hijos de repuesto que pérdidas *irreparables*. No perdieron a ninguno y, sin embargo, mantuvieron diez esperanzas que gritaban de hambre o desazón por divertirse con un décimo de juguete.

Mi madre, estando en los lugares de en medio, no comprendía los reclamos de los mayores y el llanto de los más pequeños. Creció en una colonia de vagones amontonados que simulaban las recámaras de una casa, pues esa fue la promesa de hogar que decían las prestaciones del contrato. Descalza, caminaba una infancia entre charcos olvidados por la ausencia de drenaje. Fue por entonces que el menudo cuerpecito se volvió inmune a los moscos de la humedad, a las gripes, a los tornillos y láminas oxidados ocultos en las lagunas de lodo. No conocía el unte de pomadas de eucalipto sobre el pecho, ni las pastillas contra el malestar estomacal y ni pensar en el solo hecho de quejarse de un raspón. Vivir era su culpa por eso caminaba con la mirada agachada, como pidiendo perdón al suelo por osar pisarlo. Su diversión eran brinquitos apenas dados, una bebeleche delineado en tierra, las escondidas con mímica para mi tía Lola, que era sorda y a la que no podía hacérsele trampa; incluso tenía el derecho de nunca ser la que buscaba y si al terminar el conteo, Lola aún no se escondía, debían regresar de nuevo al uno. Fue así que, en el aburrimiento de un juego siempre predecible, descubrió la soledad. Jugar sola a las escondidas, sin que nadie la encontrara. Comenzó a imaginar a mi padre, a nosotros. Fuimos un plan elaborado bajo las láminas del vagón que era su casa. Pensaba en mí y en mi nombre, en este oficio de escribir a su familia. De recordarla así: comiendo lluvia en medio del lodazal.

3

It was in the sixties when my grandfather became an unemployment statistic. It was also his inexorable fate that immediately obliged him to accept a post as a cargo handler for Mexican Railways. It also was his culture and lack of foresight that led him and my grandmother to have ten children; they imagined replacing with each one the potential death of another. Better to have spare children than irreparable losses. They didn't lose any, and nonetheless they supported ten hopes hollering out of hunger or chagrin at having to play with one tenth of toy.

My mother, occupying one of the middle places, did not understand the older siblings' complaints or the sobbing of the littlest ones. She grew up in a neighborhood of jumbled railroad cars that simulated the bedrooms of a house, the promise of home as stated in the contract provisions. Barefoot, she walked a childhood amid puddles forgotten in the absence of sewers. It was around this time that her slight little body grew immune to drain flies, to colds, to screws and rusted sheets hidden in muddy ponds. Unknown to her were the smearing of eucalyptus ointments on her chest or pills for upset stomachs or the mere thought of complaining about a scrape. Living was her fault, the reason she walked with her gaze hung low, as if begging forgiveness from the ground for daring to tread on it. Her fun was little leaps barely sprung, a hopscotch outlined in dirt, hide and seek pantomimed for my aunt Lola, who was deaf and who no one was allowed to play tricks on. Lola was entitled to never be the seeker, and if she hadn't hidden herself by the end of the counting, they had to start over at one. It was here, in the boredom of an ever-predictable game, that she discovered solitude. Playing hide and seek by herself with no one to find her. She began to imagine my father, to imagine us. We were a scheme elaborated beneath the corrugated sheets of railway cars that were her home. She contemplated me and my name, my profession of writing about her family. Of remembering her just so: eating raindrops in the mud.

4

La mitología y el simbolismo de las plantas en su hibridación con el cuerpo humano son vastos; incluso las alegorías de nombrar las distintas partes de nuestro cuerpo con conceptos nominativos del *reino plantae*. Al final, imaginar que nos convertiremos en *polvo*, y este mismo se fundirá con la tierra que lo alimenta. La naturaleza es una cosmogónica cinta retorcida; un uróboros que se come y se vomita para seguir con el plan *vitae*. La evolución del mundo en un todo. Y entonces ver nuestro rostro como potencial composta.

5

Mi madre disfrutaba del sonido de la lluvia sobre el techo del vagón. Se acurrucaba con el golpeteo del agua, unísono y otras tantas veces a destiempo por alguna gotera improvisa. Dormía con una melodía de lluvia que en su invierno fue parte del soundtrack. Con su dedito simulaba los tiempos de las gotas sobre la sábana. Era su manera de cantarle la llovizna a mi tía Lola. Compartían cama, o esas cobijas heredadas. Se abrazaban para mitigar el frío. Para dormirse con la lluvia que una escuchaba y la otra sentía en el temblor de las sábanas.

6

La germinación se debe a un estado de reposo intercalado por determinado porcentaje (según el tipo de semilla) de luz y humedad. Y como todo proceso de reproducción sexual, necesita de cierto tipo de ambiente. Es hasta aquí que no se tienen datos fidedignos del orgasmo de las esporas o si las esporas tienen orgasmos. Existe, muy probablemente, dentro de lo utilitario de la reproducción, un algo similar a lo que la convención ha nombrado como placer dentro del acto sexual. Sin embargo, la única certeza es que no todos los actos (significados) tienen un significante.

4

The mythology and symbolism of plants in their hybridization with the human body are vast; there are even allegories naming the different parts of our body with nomenclature from *Kingdom Plantae*. In the end, imagining that we shall return to *dust*, and that this same *dust* will be one with the ground that feeds it. Nature is a twisted cosmogonic strip; an uroboros eating and vomiting itself in pursuit of its plan *vitae*. The evolution of the world into a whole, seeing our face then as potential compost.

5

My mother enjoyed the sound of the rain against the railroad car roof. She curled up to the drumming of water, unisonous and at other times offbeat due to some improvised leak. She slept to a rainy melody which was included in her winter's soundtrack. With her little finger she imitated the rhythm of the drops on the bed sheet. It was her way of singing the drizzle to my aunt Lola. They shared a bed, or those inherited blankets, hugging each other to mitigate the cold. Sleeping to the rain, which one listened to and the other felt through the sheet's quiver.

6

Germination results from a dormant state interrupted by certain percentages (depending on the type of seed) of light and moisture. And, as in all sexual reproductive processes, a certain kind of environment is required. To date there is no reliable data regarding sporozoic orgasms, or on whether spores have orgasms. There exists, most probably, something similar to what convention has labeled pleasure during the sex act. Regardless, the only certainty is that not all the (signified) acts have a signifier.

7

Cuando le dijeron que su *caracol* había sido dañado, mi madre imaginaba un animal dentro de la oreja de mi tía Lola. Luego, cuando le explicaron las partes de la oreja, supo que el caracol es el conducto en espiral al final del oído interno. Imaginó un mundo dentro del cuerpo. Mosquitos, plantas, insectos que, al igual que el caracol, hacían nuestro cuerpo funcional. Para ella éramos comunidades de especies caminando por el mundo. Colonias y sociedades llamados *Yo*. Fue su justificación disociada. Entonces, el caracol dentro de su hermana estaba muerto. Miraba, más consciente, las *plantas* de sus pies, las *palmas* de sus manos. Pensaba en el contacto con el lodo, la tierra, el agua; eso lo explicaba todo.

Mi tía Lola estaba siendo asepsiada con infusiones de sal y hierbas para desinfectar la herida en el interior de su oreja. Mi tía Lola paría larvas a los costados de su cabeza como Zeus a Atenea. Mi tía Lola fue declarada sorda a sus siete años.

8

Aunque no hay tantos casos conocidos sobre la fitofilia (el gusto o amor por los seres del reino *plantae*) en la subcategoría sexual con humanos, existe un tipo de avispa macho australiana (*Lissopimla excelsa*) que copula con crisantemos. La flor se traviste de avispa hembra para atraer al macho y que éste propague su polen. Según estudios científicos, existen algunas avispas machos que pueden interrumpir el coito con una avispa hembra, seducidos por una flor de crisantemo.

No se conocen muchos casos sobre seres humanos que copulen con plantas. Hubo, sí, y probablemente seguirá habiendo declaraciones de algunos que aseguran haber sido procreados por la unión de una planta y un humano. Incluso hay reveladores mitos que refieren seres extraordinarios que viven en el bosque, efecto de la condición

7

When they told her that the tiny *snail*-shaped canal had been damaged, my mother envisioned an animal inside of my aunt Lola's ear. Later, when they explained the parts of the ear, she knew that the cochlea is the spiral duct at the end of the inner ear. She imagined a world within her body. Mosquitoes, plants, insects that, like the snail, ensured a functional body. To her, we were communities of species walking the world. Neighborhoods and societies called *Self.* It was her dissociated justification: the snail inside her sister was dead. She observed her stomachal *trunk* and the *palms* of her hands with greater awareness. She thought about contact with mud, earth and water; it explained everything.

My aunt Lola was being antisepticized with salt and herbal infusions to disinfect the wound on the inside of her ear. She gave birth to larvae out the sides of her head like Zeus to Athena. My aunt Lola was declared deaf at age seven.

8

Although there aren't many known cases of phytophilia (attraction to or love for beings belonging to Kingdom *Plantae*) in the sexual subcategory for humans, there exists a type of Australian male wasp (*Lissopimpla excelsa*) that copulates with chrysanthemums. The flower cross-dresses as a female wasp to attract the male and spread its pollen. Scientific research has revealed the existence of male wasps capable of interrupting sexual intercourse with a female wasp, having been seduced by a chrysanthemum flower.

Fewer cases are known of humans copulating with plants. There has been and there will most likely continue to be testimony from those who claim to have been born through the union of plant and human. What's more, revelatory myths tell of extraordinary beings who live in the forest—products of a sexual awakening in isolation;

del despertar sexual en aislamiento; por ende la masturbación femenina o masculina sobre tallos, flores, ramas. Pero nada más.[1]

9

Mi abuelo hacía trueques con los campesinos de la región. Cambiaba un costal de frijoles al mes por transportar gratuita y clandestinamente su mercancía al Mercado de Abastos de Monterrey. Por cada diez costales de frijol, obtenía uno. Frijol pinto. En su casa se hervían diariamente. La abuela aprendió a prepararlos en todas sus formas. Tenía recetas mentales para no aburrir al abuelo. Con queso de chiva, pico de gallo, huevo con frijoles, caldo de frijol con verduras, con chorizo, con comino, chile, ajo y a la charra cuando había carne. Sus hijos eran cúmulos de hierro. Nada más hacía falta; en la casa siempre habría frijoles mientras el abuelo siguiera transportando, clandestinamente, mercancía a los frijoleros.

10

Aunque es harto común el abuso a ciertos animales (generalmente hembras) por parte de los seres humanos durante su despertar sexual (en su mayoría en el campo), no es tan común el abuso a las plantas. Rezan, algunas leyendas en torno a la fitofilia, que son las plantas quienes abusan de los seres del reino animalia, si es que abuso puede llamársele a determinada seducción por parte de flores, árboles, semillas, vainas y otras especies del reino *plantae*. Los animales (incluido el humano) son atraídos por aromas, sabores, colores y otras técnicas de seducción *natural*. Existen vastos mitos en torno al enamoramiento de las plantas y cómo estas son capaces de actuar en pro de conseguir sus objetivos amorosos o de simple placer, pues *amor* es un significante acuñado por los humanos.

1. Existe también el mito, según creencias populares, de que las mandrágoras crecían solamente bajo los patíbulos de los ahorcados, producto de gotas de semen que escurrían de sus cuerpos durante las últimas convulsiones de sus muertes, frutos de un coito entre la Tierra y el ahorcado.

hence, female or male masturbation on stems, flowers, and branches. But, nothing more.[1]

9

My grandfather bartered with the local farmers. He exchanged the clandestine transport of their merchandise to the Mercado de Abastos in Monterrey for a sack of beans per month. For every ten sacks of beans, he received one. Pinto beans. Pinto beans were boiling day in and day out in his home. My grandmother learned how to prepare them in every possible way. She had mental recipes so as not to bore my grandfather. Beans with goat cheese, pico de gallo, eggs and beans, bean soup with vegetables, with sausage, with cumin, chile peppers, garlic and à la chuckwagon when there was meat. Their children were accumulations of iron. Nothing else was lacking; there would always be beans in the house whilst grandfather continued to, clandestinely, transport goods to the beaners.

10

Although the abuse of certain animals (usually female) by human beings during their sexual awakening (predominantly in the countryside) is all too common, less common is the abuse of plants. Some legends about phytophilia state that it is the plants who abuse creatures from Kingdom Animalia, that is if abuse can be applied to a certain kind of seduction on the part of flowers, trees, seeds, pods and other species from Kingdom *Plantae*. Animals (humans included) are attracted by scents, tastes, colors, and other arts of *natural* seduction. There are far-reaching myths concerning plant infatuation and how they are capable of proactively securing their amorous objectives, or simple pleasure; after all, *love* is a signifier coined by humans.

---

1. There is also the myth, according to popular belief, that mandrakes only grow under the gallows, the result of semen droplets that trickled from bodies during the last convulsions of their deaths, fruits from coitus between the Earth and the hanged man.

11

Al principio hubo risa. Burlas de los hermanos mayores cuando se supo la noticia. El exceso de frijol en casa era parte del encanto. Y la ausencia de juguetes suscitaba la presencia de imaginería. Edificaciones de frijol, calcetines rellenos de frijol que daban forma a un muñeco con ojos también de frijol. Latas con frijoles dentro que simulaban maracas, dibujos en técnicas mixtas de frijol, resorteras con balas de frijol, arquitectura efímera de frijoles y frijoles que representaban cochecitos amontonados por el tráfico de unas calles sobre el lodo acanalado con los deditos de mis tíos.

Mi tía Lola, quizá hastiada de los predecibles juegos con frijoles, los introdujo en todos los huecos de su cuerpo. Quizá expectante de algún resultado menos aburrido; quizá intrépida, quizá temerosa, quizá hedonista, quizá.

12

La sexualidad de las plantas o la sexualidad vegetal ha sido, la mayoría de las veces, estudiada desde una perspectiva meramente científica. En muy raras ocasiones los estudiosos se encargan de la psicopatología de las plantas. Qué decir del nulo interés en la psicopatología de las semillas. Digamos psicopatología por nominar un acto, no necesariamente *esto* debe nombrarse *psicopatología* y sin embargo. Entonces, es decir, entonces ninguno ha cuestionado la placentera sexualidad de las semillas. Algo que no es utilitario, algo más que la mera reproducción por preservar una especie. Algo más que significar sólo *phaseolus*, algo más allá de la convención o la domesticación de los vegetales. Algo más que nominar como se etiquetan los productos en el supermercado. Algo que no es necesidad. Algo que no. Algo.

13

La nariz los expulsó por la natural secreción de las mucosas ante un elemento ajeno. La vagina los echó con la fermentada orina mañane-

11

At first there was laughter, taunts from the older siblings when the news spread. Part of the attraction was the excess of beans at home. An absence of toys instigated acts of imagineering. Bean edifices, socks stuffed with beans giving form to a doll whose eyes were also beans. Beans inside cans impersonating maracas, drawings in mixed bean media, slingshots with bean projectiles, ephemeral bean architecture, and beans that represented little cars crammed together in a traffic jam on muddy streets grooved by my uncles' little fingers.

My aunt Lola, perhaps weary of predictable bean games, inserted them into all of her orifices. Perhaps anxious for some less boring result; perhaps intrepid, perhaps fearful, perhaps hedonistic, perhaps.

12

Plant sexuality, or vegetative sexuality, has in most cases been studied from a purely scientific perspective. On very rare occasions scholars have dealt with the psychopathology of plants. What too of the zero interest in the psychopathology of seeds? We use the term psychopathology to designate an act, but not because *this* should necessarily be labeled *psychopathology*; and, nevertheless. Which is to say, then, that no one has questioned the pleasurable sexuality of seeds. Something not utilitarian, something more than mere reproduction for the preservation of a species. Something greater than simply meaning *phaseolus*, something beyond the convention or the domestication of vegetation. Something more than naming in the way that products in a grocery store are labeled. Something that is not necessity. Something that is not. Something.

13

Her nose expelled them with the natural secretion of mucus in the face of a foreign element. Her vagina discharged them with her

ra; ni siquiera pudo introducirlos profundamente en el ano; los ácidos gástricos deshicieron los pedazos que los dientes masticaron al introducirlos oralmente. Nunca se le ocurrieron los ojos, o quizá sí, pero era inmediato, inminente el rechazo. Los oídos, entonces.

14

También existen seres (pero este hecho es de una retórica más verosímil) en el Reino Animalia que utilizan a otros seres para completar (o complementar) su ciclo reproductivo. Algunos no sólo utilizan otros cuerpos diferentes de su especie para cumplir con dicha etapa; algunos lo hacen por mero desconocimiento, otros por intereses de temperatura, supervivencia, instinto o quién sabe si por mera diversión o entretenimiento. Algunos cuentan (y este mito se ha esparcido por siglos en el campo) que las ajolotas preñadas se introducían en los úteros de las mujeres para proteger sus huevecillos. Completado el mes en el ciclo reproductivo de los ajolotes, la mujer paría un sinnúmero de larvas de anfibios. Esta leyenda es un tanto inverosímil ya que, teniendo en cuenta la temperatura corporal humana (superior a los 35°C) y la temperatura a la que estos huevecillos deben ser incubados (entre 18° y 22°C), sería casi imposible (pero cuesta aquí mencionar la imposibilidad) que las crías no fueran cocinadas por la temperatura del cuerpo humano.

Otros seres del reino de la naturaleza que utilizan a *otros* con finalidades reproductivas o de supervivencia son los del reino monera, notoriamente dañinos para el reino animalia. Algunas veces sus ciclos vitales pasan de parasitar un estómago de animal doméstico para luego en la evacuación llegar a una planta; para luego en la adolescencia parasitar a un animal que consuma dicha planta; y luego en la adultez parasitar a quien coma la carne de ese animal que consumió la planta portadora de otro desecho animal y así finalmente morir ante una inyección de medicina alópata quizá, irónicamente (pues así es la vida), hecha con desechos de otra planta u otro animal evolucionados en químicos.

fermented morning urine; she wasn't able to insert them deep into her anus; gastric acids dissolved the bits that her teeth chewed upon oral insertion. Her eyes never occurred to her, or maybe they did, but the rejection was immediate, imminent. Her ears then.

14

There are also creatures (this fact is from a more verisimilar rhetoric) in Kingdom Animalia that utilize other beings in order to complete (or complement) their reproductive cycle. Not only do some use other bodies, ones unlike those from their species, in order to complete this stage; some do it out of mere ignorance, others for a matter of temperature, survival, instinct, or perhaps out of sheer fun or entertainment. Some speak of impregnated axolotls that lodge themselves in women's uteri to protect their egglets (this myth has been circulating for centuries in rural areas). Upon the conclusion of the axolotl's month-long reproductive cycle, the woman gives birth to countless amphibian larvae. This legend is somewhat implausible given that, when accounting for human body temperature (greater than 98.6° F) and the temperature at which these eggs must be incubated (between 64° and 71° F), it would be virtually impossible—however difficult it is to acknowledge impossibility here—for the spawn not to be roasted by the human body's temperature.

Other creatures from nature's kingdom that exploit *others* for reproductive or survival purposes are those from Kingdom Monera, notoriously harmful to those from Kingdom Animalia. Sometimes their life cycles shift from parasitizing a domestic animal's stomach to then, through that animal's defecation, inhabiting a plant; to then in adolescence parasitize an animal that consumed said plant; to then in adulthood parasitize whoever eats the meat from that animal which consumed the carrier plant from some other animal's excrement and to consequently perish when beset by an injection of allopathic medicine, perhaps, ironically (because that's life), made from the chemically evolved waste of another plant or animal.

15

Mi madre supo. Mi madre presentía en sus infantiles y cómplices juegos que su hermana Lola tenía algo que no la dejaba escuchar. Durante días tuvo que gritarle; sin embargo no lo dijo por miedo, por el cómplice miedo que mi tía tuvo de decirles a los abuelos que llevaba días sin escuchar siquiera el rechinido de las llantas de hierro sobre las vías del tren. Avisar, mencionarlo a sus padres, llevaría un castigo doble pues en su casa también se les cortaba la cabeza a los mensajeros.

El agua que escurría en los jicarazos por los costados de la cabeza. El chorro del agua que se colaba por las cuencas de las orejas. Las raíces que la semilla germinaba perforando el tímpano: abrazando con sus tentáculos yunque, martillo, estribo; errante tallito buscando salida en la trompa de Eustaquio. La fotosíntesis primaveral por las orejas. El cabello peinado detrás de las hojitas que mi abuela no podaba porque no tenía tiempo de ocuparse de diez hijos. Y mi madre que veía a su hermana con hojas en las orejas. Y las burlas en la escuela pues a pesar de la pobreza mis abuelos procuraban proporcionar aunque fuera los años de primaria.

Era este su hábitat de óxido. Entre las láminas foliadas que eran las paredes de su casa. Con una hermana vendada por la cabeza mientras niñas jugueteaban entre charcos, paisajes de otros reinos. Mientras la humedad en las plantas de sus pies y los hongos entre los dedos. Mientras le contaba en lenguaje signado a su hermana que algún día tendría un hijo biólogo que pudiera entender esa filia de las semillas por germinar en orejas.

16

Es decir, casi ninguno nos cuestionamos fuera de la otredad inmediata del reino animalia. De las semillas que, carentes de razonamiento, despiertan sexualmente en un hábitat ajeno; en los moteles de carne que a su vez fungen como incubadoras germinantes. Es hasta aquí que pretendo justificar el porqué de mi interés hacia el placer sexual de las

15

My mother knew. My mother sensed in her infantile and conspiratorial games that her sister Lola had caught something which occluded her hearing. For days she shouted at her; nevertheless she said nothing for fear, out of the complicit fear that my aunt felt of telling my grandparents that for days she hadn't even heard the iron wheels' squeal against the train tracks. Alerting them, mentioning it to her parents, would lead to a double punishment; for, in their home, messengers had their heads cut off too.

Water pouring in cupfuls over the sides of her head. The stream of water seeped in through her ear cavities. Roots germinated by the seed perforating the tympanic membrane: embracing with its tentacles anvil, hammer, stirrup; the wandering sprout searching for an exit through the Eustachian tube. Springtime photosynthesis through the ears. Hair combed behind tender leaves that my grandmother never pruned because she didn't have the time to take care of ten children. My mother who watched her sister with leaves in her ears. The teasing at school because my grandparents, despite their poverty, sought to provide for them, if only through elementary school.

This was her rusty habitat, within the numbered sheets that were the walls of her house. A sister with her head bandaged while little girls frolicked among puddles, the landscapes of other kingdoms. Meanwhile: moisture on the soles of their feet and fungus between their fingers. Meanwhile: she told her sister in sign language that one day she would have a biologist son who would understand the philia which seeds have for germinating in ears.

16

In other words, most of us do not wonder beyond the realm of the immediate otherness of Kingdom Animalia; about seeds which, devoid of reason, awaken sexually in unfamiliar habitats; in flesh motels, which in turn serve as germinant incubators. It is at this point that I seek to justify

semillas. El orgasmo fotosintético en las macetas de carne, el deseo de la verdadera otredad: microscópico placer.

En este pequeño texto a manera de prólogo, pretendo que se explique mi interés hacia los estudios semánticos en la sexualidad atípica de las semillas. Demostrar que no todos los significados del deseo son siempre culturales.

17

El dictamen, según los otorrinos, era el de una sordera total, pues arrancar la planta de raíz, implicaba abrir la cabeza, una probable operación (trepanación) fatídica. Así fue que extrajeron las raíces tiernitas, espirales asidas al oído interno desde fuera de la oreja. Una lenta cicatrización que repusiera, reinventara, la carne para rellenar los huecos donde antes las orejas.

No nada; no otra cosa sino el olor. El hedor de carne podrida sobre la diadema de vendas es lo que dice mi madre que recuerda de esos días. Las vendas engusanadas; mi tía que dejó de ir a la escuela pues en su imaginación de niña el frijol estaba enamorado de ella. Mi abuela que alegaba chiflazón y locura de la ahora hija sorda. Mi abuelo con culpa, pensando en el karma de lo clandestino. Mi madre, madre de su hermana apenas un año menor. Mi tía que acusaba a un frijol de su tierna desventura.

18

Es en el primer capítulo que contaré dos historias de leyendas populares para ilustrar en contraparte, lo científico de lo que he llamado alegóricamente "Macetas de carne: germinación o reproducción sexual de las semillas en cuerpos humanos". La primera es la desafortunada historia de mi tía Dolores, mujer que quedó sorda a muy temprana edad por introducir frijoles en ambos oídos. La segunda es la historia de una mujer que introdujo ajos para desinfectar su vagina; es esta última la que da nombre al famoso bestseller *Mis hijos ajos*.

my interest in the sexual pleasure of seeds. The photosynthetic orgasm in skincubators, the desire for true otherness: microscopic pleasure.

Through this short text in the guise of a prologue, I aim to articulate my interest in semantic studies of atypical sexuality in seeds. To demonstrate that not all the significations of desire are invariably cultural.

17

The verdict, according to the ear nose throat specialists, was a profound deafness; uprooting the plant would involve opening the skull, a likely fateful operation (trepanation). That was how they extracted the tender roots, spirals clutching the inner ear from the outer lobes. A slow scarring that would replace, reinvent, the flesh in order to fill the hollows where before: the ears.

Not nothing; not anything other than the smell. The stench of rotten meat surrounding the crown of bandages is what my mother remembers most from those days. Worm-ridden bandages. My aunt who stopped going to school, for in her little girl imagination the bean was in love with her. My grandmother who alleged the coddling and insanity of her now deaf daughter. Guilty, my grandfather pondering the karma of clandestine acts. My mother, mother to her sister just one year younger. My aunt who accused a bean of her tender misfortune.

18

It is in the first chapter that I will narrate two stories from popular legend in order to illustrate, conversely, the scientific aspects of what I allegorically called "Skincubators: Germination or Sexual Reproduction of Seeds in the Human Body." The first is the unfortunate tale of my aunt Dolores, a woman who went deaf at a very early age due to the introduction of beans into both ears. The second is the story of a woman who, in order to disinfect her vagina, inserted garlic into herself; the latter is the source of its namesake, the famous bestseller *Mis Hijos Ajos*.[2]

2. a.k.a., *My Garlic Children*

Esmegma guadalupano

Everyday is exactly the same,
there is no love here and there
is no pain.

NIN

Allí: él. Dispuesto a desvirgarse a sus veintinueve. Con nombre de
connotación fálica: Pito. Nacido el doce de diciembre: Guadalupe:
Lupe: Lupito: Pito. Cerillo de farmacia. Envuelve medicinas y
extiende la mano. Ex chiclero de camiones: Pito. Pálido, delgado,
famélico como modelo de *E!*, rostro pequeño y facciones pueriles,
saliva seca en las comisuras. Allí: él. Dispuesto a iniciar su ciclo reproductivo. Un cuasi hombre que pretende vaciar el semen inútil en un
recipiente humano.

Masturbación: Sí, tenía once, y lo hizo más por instinto que por
información o moda. Pito ante la necesidad de restirarse la carne del
pene: un prepucio con esmegma infantil, como la capa de polvo en
la pantalla de la televisión. Allí: él. Dispuesto a abandonarse en los
brazos de cualquier ser humano. Sentir otros labios en su piel, una
carne ajena que lo aprieta y lo contiene. Allí: él: Élallí. Intentando
olvidar su retraso mental; el mote de Pito El Mongolo. Allí: ahí, con
una baba que escurre densa, lenta, blanquecina; observando a las
vestidas como un niño a los dulces. Ése es el antojo: nosaberaquésabe.

Smegma Guadalupano

Everyday is exactly the same,
there is no love here and there
is no pain.

NIN

There: him. Willing to be deflowered at twenty-nine. With a name
of phallic connotation: Pito. Born on December twelfth: Guadalupe:
Lupe: Lupito: Pito. Bag boy in a pharmacy. He wraps medicines
and holds out his hand. Ex-busbound gum peddler: Pito. Pale, thin,
emaciated like an *E!* model, small face and puerile features, dried
saliva at the corners of his mouth. There: him. Willing to start his
reproductive cycle. A quasi man who seeks to empty his useless semen
into a human vessel.

Masturbation: Yes, he was eleven, and he did it more out of
instinct than out of access to information or following a fad. Pito,
faced with the urge to tauten the flesh of his penis: a foreskin with
childish smegma, like the layer of dust on a television screen. There:
him. Willing to abandon himself into the arms of any human being.
To feel other lips on his skin, the flesh of another tighten around him
and contain him. There: him: Himthere. Trying to forget his mental
retardation; the nickname Pitoid the Mongoloid. There: then, with
drool trickling dense, slow, opaque; looking at the trannies like a
child at candy. That is craving: noknowledgeofthetaste.

Cincuenta pesos de propinas en la bolsa: sin cerveza pues no bebe. El alcohol no combina con su medicamento para los ataques epilépticos. Y Pito, repito: dispuesto a: ahí: allí. El antojo: los ojos blancos blandos que no distinguen entre la vestida y la puta gorda. Que no distinguen entre la semiótica de la necesidad y la del ritual. Necesitado. Innecesario porque según las estadísticas mentales habrá otros diez mil locos en la historia, dispuestos a desvirgarse a sus veintinueve en un lugar de vestidas y putas gordas. Con el pene sucio por lo inusual: el desuso. Igual que un calcetín duro al final de la cesta; nadie lo lavará porque el par se perdió. Este calcetín está ahí: dispuesto. Disponible en el añejamiento del número veintinueve: Pito sin la misma suerte de la Virgen pero virgen también. Inmaculado por la fortuna de haber nacido con los genes torcidos. Porque su madre tomaba infusiones de poleo y ruda para regular la menstruación. Porque no le funcionaron y lo siguiente fue un niño que como antimilagro nació el doce de diciembre. Porque luego del hijo, el abandono. Mas el bondadoso corazón maternal esperó seis meses para destetarlo. Seis meses y un nombre: Guadalupe por no batallar. Luego en brazos de la abuela, luego en brazos de la tía, luego la vecina, luegoluegoluegoluego: la señora que recoge cartón y latas. Ella siempre: comprando una caja de chicles, lavando el uniforme de paqueterito. Ella siempre: enjugándole las lágrimas cuando le gritaban Mongolo, poniéndole una cuchara entre los dientes para que no se mordiera la lengua en el ataque. Ella siempre: él ahora. En la puerta de un congal, bañadito, huele a brillantina Palmolive, los zapatos bien limpios, no brillosos pero limpios, pantalón planchado, camisa planchada. Pito como adonis barriobajero. Un tipo que cabe dentro de la normalidad nocturna en un camión, una cantina. Ahí: en espera de que alguna se le acerque.

Pito no sabe del destino ni del desatino de venir aquí. Su padrino Víctor le dijo cómo llegar. No le dijo de condones, ni la diferencia entre el ano y la vagina, sólo que viniera: como si pa visitar un congal se necesitara de guías, le dijo. Mañana, don Víctor estará arrepentido, no le dirá a nadie que fue él quien lo aconsejó. Y es que mañana, Pito

Fifty pesos in tips inside his pocket; no beer, he doesn't drink. Alcohol does not mix well with his medication for the epileptic fits. Pito, I repeat: willing to: then: there. Craving: his milky mild eyes that do not differentiate between the tranny and the fat whore. That do not differentiate between the semiotics of necessity and of ritual. Needy. Unnecessary because according to mental statistics there will be another ten thousand lunatics throughout history, all willing to be deflowered at twenty-nine in a place for trannies and fat whores. With his penis dirty from the unusual: disuse. Like a stiff sock at the bottom of the basket, no one will wash it because its mate was lost. This sock is there: willing. Available at the ripe age of number twenty-nine: Pito lacking the fate of the Virgin, although a virgin too. Immaculate in his fortune of having been born with twisted genes. Because his mother drank pennyroyal and rue infusions to regulate her menstruation. Because that didn't work and what followed was a child who, like an antimiracle, was born on December twelfth. Because after the child, the neglect. Still, her kindly maternal heart waited six months to wean him. Six months and a name: Guadalupe, for want of exertion. Later in the arms of his grandmother, of his aunt, later, his neighbor's, laterlaterlaterlater: the lady who collects cardboard and cans. She, always: buying a pack of gum, washing the little bag boy uniform. She, always: wiping away his tears when they shouted Mongoloid, putting a spoon between his teeth so he wouldn't bite his tongue during a fit. She, always: him now. At the brothel door, freshly showered, smelling of Palmolive Brillantina, his shoes really clean, not sparkling but clean, pressed pants, pressed shirt. Pito like a working-class Adonis. A guy who fits within the nocturnal normalcy on a bus, in a cantina. There: waiting for someone to approach him.

Pito knows nothing of destiny or the folly of coming here. His godfather Victor told him where to go. He said nothing of condoms, nor of the difference between the anus and the vagina, only that he should go. As if you needed a guide to visit a brothel, he said. Tomorrow, Don Victor will be filled with regret, he will not tell anyone that it was he who had advised him. That tomorrow Pito will turn up in

saldrá en el periódico, no será ningún acto glorioso, no. No le habrá salvado la vida a alguien, ni es un asaltante, ni violador. Saldrá su foto, a colores: un tipo de veintinueve años, muerto por un blockazo en la cabeza: "Lo mata por no pagar". Cincuenta pesos nunca son suficientes. Lo golpeará tan duro una mujer cuarentona llamada La Yaresi. Primero le dará con el block mientras él intenta decirle que le pagará después. Ella no le entiende: es gangoso y habla rápido. Ella no lo entiende. Y con el block lo desnuca. Él morirá instantáneamente pero ella le seguirá dando y dando, y un moco gris saliendo de la cabeza, y el trillado color rojo de la sangre en el concreto, y los ojos blancos, blandos, reventados y perdidos entre la sanguaza. El block, desquebrajado. La cabeza de Pito como si fuese un chicle en el piso, un chicle recién escupido. La Yaresi corriendo hacia el congal para protegerse. Las moscas aterrizando en lo trillado, y un taquero descubriendo el cuerpo, dando aviso a las autoridades.

Al menos virgen no morirá. La Yaresi hará gala de su fama de blowjobera, y el esmegma en su lengua, un sabor distinto: como amargo pero a la vez dulzón, les contará a sus amigas en la cárcel. Era pura mugre, puro desuso. Pito aprendió rápido el ritmo. Aunque torpe, pudo con la coreografía mientras la mujer le ayudaba; ella estará pensando en si le va mejor el rubio oscuro cenizo o el borgoña. Luego vendrá la cobrada, los cincuenta pesos de propinas como ofrenda a la Virgen. La mujer indignada porque le pedirá que agarre lo necesario y le deje pal camión. Luego el blockazo por la molestia de haber cogido con un loco. Con un loco y culo, así declarará a la reportera de las noticias nocturnas.

Allí: él. Dispuesto a conocer a La Yaresi, dispuesto a morir esta noche. Pito, oliendo a brillantina Palmolive, esperando a ser desvirgado por la puta que se acerca, lo ha visto y cree que será un buen cliente; la mujer que viene pensando en teñirse el cabello de borgoña.

the newspaper, and, no, it won't be a glorious act. He will not have saved someone's life, nor is he an assailant or rapist. His photo will appear, in color: a twenty-nine-year-old male, beaten to death with a cement block to the head: "Killed for Stiffing." Fifty pesos are never enough. He will be beaten so severely by a forty-something woman called La Yaresi. First, she will hit him with the block while he tries to tell her that he'll pay later. She doesn't understand him: he speaks too quickly, his voice too nasal. She doesn't understand him. With the block, she breaks his neck. He will die instantly, but she will continue on and on, and a gray mucus seeping from his head, and the cliché red color of blood on the concrete, and the milky mild eyes ruptured and lost in the bloody pus. The shattered block. Pito's head as if it were gum on the ground, freshly spat gum. La Yaresi running towards the brothel to hide herself. Flies landing in the cliché, and a taquero discovering the body, notifying the authorities.

At least he will not die a virgin. La Yaresi will make a show of her fame as a head queen, and the smegma on her tongue, a distinct flavor: bitter, yet sweet at the same time, she will tell her friends in jail. It was pure grime, pure disuse. Pito picked up the rhythm quickly. Despite being clumsy, he was able with the choreography while the woman guided him; she'll be wondering whether dark ash blonde or burgundy. Then comes the payment, fifty pesos in tips like an offering to the Virgin. The woman, indignant because he asked her to take what was necessary and to leave enough for the bus. Then the beating with a block for the hassle of having fucked a lunatic. Crazy and stingy, as pronounced by the evening news reporter.

There: him. Willing to meet La Yaresi, willing to die tonight. Pito, smelling of Palmolive Brillantina, waiting to be deflowered by the approaching whore, who sees him and thinks he will be a good customer, the woman who comes over thinking about dyeing her hair burgundy.

Azúcaramargo

Tía Emilia lloraba por su pie diabético. No quería que el descuido le quitara otra extremidad. Recordaba el sonido de la sierra, imaginaba los huesos, el salpicón de huesos cuando la mella. Veía la ausencia al final de la pierna derecha, el muñón que daba el aspecto de un calcetín remendado, por una mala costurera, obviamente. Nunca creyó en el Seguro, dealer de insulina.

Tía Emilia jamás fue la misma después del vacío. La muerte de su pie, así la llamaba, fue parteaguas para el inicio del fin. No podía desprenderse de algo que la acompañó durante sesenta y cinco años de su historia. Y así la vimos en el predesprendimiento, llorando más de nostalgia que por dolor físico. Veía el necrosamiento de los tejidos del pie, la resequedad interdactilar, y se echaba a llorar a gritos. Su cuerpo comenzaba a ser un desierto y había empezado en el pie. Agrietada y precavida se daba baños completos de Lubriderm y Pomada de la Campana. Tragaba metformina como si anhelara una sobredosis. Dilataba los vasos sanguíneos con aspirinas. Ya no comía pan ni fideos y ni por error se cortaba las uñas. Tampoco tejía o cortaba verduras o cualquier otra actividad que desde la perspectiva exagerada, atentara contra su piel.

Tía Emilia dejó de ser tía Emilia. Malhumorada y triste se paseaba por la casa, alejándose de nosotros, culpándonos de que esa mañana la lleváramos a urgencias porque nos preocupó el avance putrefacto del empeine hacia el tobillo. Justo en medio del chamorro, así lo dijo el doctor, terminaba la parte necrosada. Esa misma tarde,

Bittersugar

Aunt Emilia wept for her diabetic foot. She didn't want neglect to rob her of yet another extremity. The sound of the saw stayed with her, she pictured her bones, the bone spatter with the whirling blade's splinter. She observed the absence at the bottom of her right leg, the stump resembling a sock mended, obviously, by a poor seamstress. She did not believe in the Mexican public health insurance system: insulin dealer.

Aunt Emilia was never the same after the void. The death of her foot, that's what she called it, was a watershed moment for the beginning of the end. She could not separate herself from something that had accompanied her throughout sixty-five years of her history. So we looked on during the predisjointing, her weeping more out of nostalgia than physical pain. She studied the necrosis of her foot tissues, the interdactyl dryness, and burst into tears. Her body was turning into a desert and it had begun with her foot. Cracking and cautious she took whole baths in Lubriderm and Dr. Bell's Pomade. She swallowed metformin as if longing for an overdose. She dilated her blood vessels with aspirin. She didn't eat bread or noodles anymore, nor did she inadvertently cut her nails. She no longer knitted or chopped vegetables or performed any other activity that from her paranoid perspective would endanger her skin.

Aunt Emilia ceased to be Aunt Emilia. Ill-tempered and sad, she wandered the house, drifting away, blaming us for that morning when we took her to the emergency room because the putrid advance

mientras ella convalecía en el hospital, papá y yo fuimos a una tienda de zapatos; son para tu tía Emilia, dijo. En el camino me preguntaba cosas superficiales y pragmáticas como las rebajas en zapatos para gente mutilada: si sólo ocuparemos uno, lo lógico es que nos vendan uno y el precio real en el aparador se reduzca 50 por ciento. Luego esperarán otro cliente con la ausencia del otro pie para completar la venta. O ir a una tienda donde se dediquen a únicamente vender un solo zapato; tiendas exclusivas. Pero a papá le habían dicho que los New Balance eran especiales, cómodos y la mayoría de los diabéticos los utilizan. Así que New Balance fue la elección. Número 4, por favor. Escondimos el derecho al regreso de la tía.

Tía Emilia, como Santa Anna, también guardó luto. Rezó nueve días al pie para evitar que se fuera al infierno o al purgatorio y cuando el reencuentro, en el cielo, su pie estuviera ahí, esperando por ella. No quería pasar la eternidad incompleta. Yo, en pensamientos pueriles, graciosos y crueles, imaginaba el reencuentro. Todo como en una película rosa, ambos, ella y su pie, dando tumbos en un campo de trigo para abrazarse. Preguntarse los días, los años, que no estuvieron juntos.

Tía Emilia se mató una mañana. Me despertaron los gritos de mamá. De inicio pensé que era la misma tía Emilia quien gritaba, pues por ser parientes lloraban parecido. El hallazgo del cuerpo de mi tía abuela fue el motivo. Se dilató de más los vasos sanguíneos en una sobrecarga de ácido acetilsalicílico, bombeando torrentes de sangre al corazón. No me dejaron ver el cuerpo. Mi hermano y yo especulábamos que fue un suicidio, mamá lo negaba. Luego nos dimos cuenta de que sí; a la tía se le empezaba a necrosar el otro pie. En el catecismo, el catequista dijo que las almas suicidas no se van al cielo, sino al infierno porque a Dios no le gusta que destruyan lo que él hizo[sic]. Así que me entristecía ese desencuentro entre tía Emilia y su pie. Lo imaginé esperando, cual Penélope, solito, preguntando si ya había llegado el resto del cuerpo.

A mi hermano le preocupaba que tía Emilia se apareciera. Inventaba historias del pie de tía Emilia rondando por la casa, igual que la Llorona. A mí también me preocupaba encontrármelo. Hasta decía

from her instep toward her ankle concerned us. The necrosed area ended smack in the middle of her calf, that's what the doctor said. That same afternoon, while she was recuperating in the hospital, my dad and I went to a shoe store; they are for your Aunt Emilia, he said. On the way, I wondered about superficial and pragmatic things like discounts on shoes for amputees: if we only need one, logically the store would sell us one and the price listed on the display would be reduced by fifty percent. The store would then wait for another client with an absence of the other foot to complete the sale. Or, shop at a store uniquely devoted to selling a single shoe; exclusive stores. But dad had been told that New Balance were special, comfortable and that the majority of diabetics wear them. So, New Balance it was: size 6, please. We hid the right shoe upon my aunt's return.

Aunt Emilia, like Santa Anna, was also in mourning. She stood at prayer for nine days to save her foot from going to hell or purgatory, so that when they met again, in heaven, her foot would be there, waiting for her. She didn't want to spend eternity incomplete. I, in my childish thoughts, funny and cruel, imagined the reunion. Everything just like a romance film, with both of them, she and her foot, stumbling across a wheat field to embrace each other. Asking one another about the days, the years spent apart.

Aunt Emilia killed herself one morning. I was awakened by my mother's cries; I thought at first that it was Aunt Emilia herself screaming: as sisters, their screams were similar. Her discovery of my great aunt's body was their source. An overload of acetylsalicylic acid had caused her blood vessels to excessively dilate, pumping torrents of blood to her heart. I wasn't allowed to see the body: my brother and I speculated that she had committed suicide, but mom denied it. We realized later that she had; our aunt's other foot had begun to necrotize. In my catechism class, the teacher told us that the souls of suicides don't go to heaven, they go to hell because God doesn't like it when what he has created is destroyed [sic]. So, the non-reunion between Aunt Emilia and her foot grieved me. I imagined her foot waiting, like Penelope, all alone, wondering if the rest of the body had already arrived.

que venía por el New Balance que papá había escondido en la caja de herramientas. Por eso decidieron tirarlo, para evitar mi insomnio y las historias de mi hermano. Después y con los años, olvidamos ese miedo. Hasta que a papá le detectaron diabetes. Luego mi hermano, temeroso y compartido, como siempre, mencionó que es hereditaria.

My brother was worried that Aunt Emilia would materialize.
He concocted tales about aunt Emilia's foot roaming the house, just
like La Llorona. I too was worried about running into her. He even
told me that she was coming to take the New Balance that dad had
hidden in the toolbox, which is why they decided to throw it away,
to avoid my insomnia and my brother's tales. Afterwards and over
the years, we forgot about this fear. Until our father was diagnosed
with diabetes. Sometime later, my brother, fearful and magnanimous,
mentioned that it's hereditary.

Fata Morgana

Se plantó en mi puerta sobre el par de muñones que tenía por piernas. Gritó con mi voz mi nombre pero no la escuché (o no quise hacerlo). Esperó unos minutos. El perro no ladró ni movió la cola al no diferenciar la esencia. Gritó de nuevo, esta vez hacia el fondo del pasillo: la ventana de mi cuarto. Yo sentada frente a la computadora, contestando un correo electrónico; otra vez no la escucho (o finjo no hacerlo). Me declaro efímera esquizofrénica al reconocer los matices en el grito. Igual que cuando te escuchas en una grabación y estás segura que no eres tú pero te tapas los oídos y hablas y entonces pones en duda el sonido de tu voz.

Estaba ahí, detenida en mi puerta y en el tiempo; kamikaze al que no le importa que cuando acuda a su llamado me vuelva loca reconociéndome en un reflejo añoso que, para mí, la que está frente a la computadora, no existe. Porque esa idea romántica del avance o la regresión está fuera de contexto, en los minutos, las horas. YO SOY EL PRESENTE. Ella el futuro y tiene una misión: grita de nuevo. Sabe que estoy contestando un correo. Sabe que finjo no escucharla y que me declaro efímera esquizofrénica porque incrédula—temerosa— su misión me parece salida de una película hollywoodense de los ochenta.

De nuevo el grito que es mío y esta vez me inquieta porque no quiero que nadie más la sepa. Que nadie más vea que la que ahora escribe un correo, en el futuro, se plantará en mi puerta con el par de muñones que tendrá por piernas. Me asomo para verla. Para encon-

Fata Morgana

She planted herself at my doorstep over the pair of stumps that she had for legs. With my voice she cried out my name, but I didn't hear her (or didn't want to). She waited a few minutes. The dog didn't bark or wag its tail, not having detected her essence. She shouted again, this time toward the corridor's end: the window to my room. I, seated in front of the computer, was answering an email; once again, I cannot hear her (or pretend not to). I pronounce myself an ephemeral schizophrenic upon recognizing the timbre of the cry. Similar to when you hear a recording of yourself and you're sure that it's not you, but you still cover your ears and talk and begin to question the sound of your own voice.

She was there, standing at my door and standing still in time; a kamikaze who doesn't care that in heeding her call I am driven mad recognizing myself in an aged reflection, which for me, she who sits in front of the computer, doesn't exist. Because that romantic idea of progress or regression is out of context, in minutes, hours. I AM THE PRESENT. She, the future; and she has one mission: to shout again. She knows that I am answering an email. She knows that I am pretending not to hear her and that I pronounce myself an ephemeral schizophrenic, because, to me, incredulous—fearful—, her mission seems like a scene from an eighties Hollywood movie.

Once more, the cry that is my own, and this time I am unnerved: I don't want anyone else to discover her. Or for anyone else to know that in the future, she who is currently writing an email, will

trarme con ese espejo distorsionado y entonces perder la razón. O el inicio de la pérdida. O el cruce de la delgada línea.

No pude más que sorprenderme al verla. No puede más que sonreír al verme. Está feliz / Yo triste. Con voz salivosa me advierte que no debo lanzarme al metro para matarme. No la escucho (o finjo no hacerlo). Introspectiva descubro más arrugas y menos cabello en la que ahora seré. Ya en el piso me acaricio. Nunca sentiré más ternura por esta que soy. Me doy amor a través de otras manos que, callosas, son las mías. Lágrimas. Asegura que la vida es bella en su locura. No le creo. Mañana me lanzaré al metro. Mañana algún guardia rescatará la mitad de mi cuerpo vivo. A partir de mañana me convertiré en la loca-vagabunda más sabia sobre la tierra y en unos años—cuando de tanto *ensimisme* domine el curso del tiempo—regresaré a gritarle a otra, la que sigue, la yo nueva, que no se tire a las vías del metro porque no lo logrará.

Me acaricia pero le soy imposible. Sólo espero, ruego, que alguna de todas nosotras no atienda el llamado de la voz. Confío en la evolución de nuestra voz.

Se planta en mi puerta sobre el par de muñones que tiene por piernas. Grita con mi voz mi nombre pero no la escucho (o no quiero hacerlo). Espera unos minutos....

plant herself at my door with the pair of stumps that she will have for legs. I get up and peer out to observe her. To encounter myself in that distorted mirror and to then lose all sense of reason; or, the beginning of the loss; or, the crossing of the fine line.

I couldn't help but be surprised at the sight of her. She couldn't help but smile at the sight of me. She is happy; I, sad. In a slobbering voice she warns me not to attempt suicide by throwing myself in front of the subway car. I don't hear her (or pretend not to). Introspective, I discover more wrinkles and less hair in the woman I will now become. Already on the floor, caressing myself; I will never feel more tenderness for she who I am. I give love to myself through other hands which, calloused, are my own. Tears. In her madness, she assures me that life is beautiful. I don't believe her. Tomorrow I will throw myself in front of the subway car. Tomorrow some security guard will rescue the living half of my body. Starting tomorrow, I will become the wisest lunatic-vagrant on earth and in a few years—when from so much self absorption, I master the course of time—I will return to shout at another, she who follows, the new I, who won't throw herself onto the subway rails because it won't work.

She caresses me but I am unbearable to her. I only wait, pray, that one out of all of we will heed not the call of the voice. I trust in the evolution of our voice.

She plants herself at my door on the pair of stumps she has for legs. She shouts my name with my voice, but I don't hear her (or do not want to). She waits a few minutes....

Réquiem del error (*Times go by*)

Madonna morirá de vieja en un hospital. Agradecerá su vida al creador: gracias o thanks por hacer mi situación feliz. Luce igual que en el video de "Material Girl": toda ochentosa con joyas de utilería. Dios se equivocó. Aplastó mal el botón que dice: historias felices e historias infelices. Una distracción de segundos; mínimo error: no no no, Madi, fue un error, deberías agradecerle a los nazis que me tenían matando judíos; tú debías nacer sin brazos, sin piernas, con una malformación en la columna y en México. Ibas a ser un hombre malformado en Monterrey. El otro, es decir, tú, morirías hace algunos años gracias a la presión de los huesos sobre los pulmones y demás órganos: cuasi paro respiratorio pero ya, qué importa.

Alguien ha muerto de un paro respiratorio hoy por la mañana. Los huesos como cartílagos le presionaron los pulmones y demás órganos. Pedía limosna en la calle Morelos. Un cartel que decía: ayúdame. Lo cansaba gritar de vez en cuando: una limosnita. Hoy por la mañana murió la verdadera Madonna y nadie se dio cuenta. Sólo los vecinos que la encontrarán gracias al típico lugar común del olor fétido. Madonna será velada en su casa porque no había para una funeraria. Enterrada en el panteón municipal donde nadie llorará porque tampoco hay familia. Sólo vecinos que por mera compasión y voyeurismo estarán presentes. Así que hoy murió Madonna y pasado mañana la encontrarán. Su máxima fama en las portadas de periódicos amarillistas: Encuentran a hombre sin vida, dos días después.

Requiem for an Error (*Times go by*)

Madonna will die of old age in a hospital. She will give thanks for her life to her creator: thanks or gracias for making mine a happy situation. She looks the same as she did in the "Material Girl" video: totally eighties with costume jewelry. God made a mistake. He erred while pushing the button labeled: happy stories and unhappy stories. A second's distraction; a minor error: no no no, Maddy, it was a mistake, you should thank the Nazis who had me murdering Jews; you were supposed to have been born without arms, without legs, with a spinal deformity, and in Mexico. You were going to be a deformed man in Monterrey. The other, that is, you, would have died a few years ago from the pressure of your bones against your lungs and other organs: a quasi-respiratory arrest, but whatever, it doesn't matter.

Someone has died of a respiratory arrest this morning. Bones like cartilage pressed against his lungs and other organs. Begging on Morelos Street. A sign that read: help me. It tired him to cry out every so often: spare change. This morning the true Madonna died and no one noticed, just the neighbors who found him there thanks to the cliché of a foul odor. Madonna's vigil will take place in her home because there wasn't any money for a funeral parlor. Buried in the municipal cemetery where nobody will weep because there's no family either. Only neighbors who out of mere compassion and voyeurism will be present. So, today Madonna died and the day after tomorrow she will be found. Her greatest fame displayed on the tabloid covers: Man Found Dead, Two Days Later.

La otra, el hombre malformado, se encuentra en Londres, repasando un guión acerca de la vida de la actriz Mae West. Bebe agua francesa y se imagina los millones que invertirá en el filme. Dios se ha percatado del error y en un intento de enmendarlo hará de la película un fracaso rotundo.

En la calle Morelos hay un nuevo espacio para otro vagabundo malformado. Como premio de consolación a la que debiera ser Madonna, hace que una empleada de boutique toque alguno de sus éxitos. Sampleo de ABBA: *gimme gimme. So slowly.* Cree que esto es suficiente. *So slowly.* Porque todos cometemos errores. *So slowly.* Incluso Dios. *So slowly.*

Pensó que al chupar una Halls de miel acabaría con las dificultades para respirar. Pero nunca hubo la saliva suficiente para disolverla. Una cucaracha ha comido basura y mierda y aún desea el postre que permanece en la boca de la Madonna muerta. Cucaracha anarca no sabe de otredades ni respetos. Ahora está comiendo el postre de una Halls casi entera. Las antenitas se clavan en los labios blancos. Al rato se le ocurrirá un picnic en la cueva de este cuerpo. Nadie sabe nada de esto. Nadie sabe nada.

Mae West reencarnó en una cucaracha. Mae West está saboreando la miel de una Halls. Al rato se le ocurrirá explorar dentro de un cuerpo. Dios ya olvidó el error. Ahora observa a unos obreros en China: madeinchina. Pero esto tampoco importa porque nadie sabe nada.

The other, the deformed man, finds herself in London, going over a script about the life of actress Mae West. She sips French water and imagines the millions she will invest in the film. God has realized the error and, in an attempt to make amends, will make the movie flop.

On Morelos Street there's a new space for another deformed vagrant. As a consolation prize to she who should have been Madonna, God has an employee in a boutique play some of her hits. Sampling from ABBA: gimme gimme. So slowly. God thinks this is sufficient. So slowly. Because we all make mistakes. So slowly. Even God. So slowly.

She thought sucking on a honey-flavored Halls would end her breathing difficulty, but there was never enough saliva to dissolve it. A cockroach has eaten garbage and shit and still fancies the dessert lying in the dead Madonna's mouth. Anarchist cockroach knows nothing about otherness or respect. It is now eating an almost fully intact Halls for dessert, its tiny antennae digging into her white lips. After a while, the idea of picnicking inside this body cave will dawn on it. Nobody knows anything about this. Nobody knows anything.

Mae West was reincarnated as a cockroach. Mae West is savoring honey from a Halls. By and by, it will occur to her to explore inside a body. God has already forgotten the mistake and at this moment is observing some laborers in China: madeinchina. But this does not matter either because nobody knows anything.

Autobiografía de un centauro

Quizá era que le fascinaba vernos las caritas petrificadas, boquiabiertas, expectantes. Tal vez era que aquel cuerpo necesitaba contar sus personajes ante interlocutores para sacarlos de su imaginación y así disminuir la explosión demográfica de esos tantos habitantes. Y todos lo rodeábamos en plena banqueta, rogándole compartirnos sus historias. Y él siempre se hacía del rogar en una especie de ritual en el que nuestras constantes peticiones eran su paga; de cualquier manera, terminaría contándonos alguna fantástica vida de alguien que fue un lugar común del barrio, por supuesto, casi siempre antes de nuestros nacimientos.

Quique El Joto, lo llamaba mi padre, Enrique El Peluquero, interponía mi madre, La Kika le decían los demás. A mí me gustaba decirle Enrique, solamente. En realidad no era que anduviera diciendo su nombre por el barrio pero en mi mente, su cuerpo correspondía al concepto Enrique, sobre todo cuando forzosamente tenía que cortarme el pelo por condición escolar, cada mes. Tienes un cabello muy sano, muy brillante, elogiaba cuando encendía la maquinita. Y a mí me gustaba pensarme así, con el cabello sano y brillante. Es probable que por eso lo haya dejado crecer unos años después, tras la muerte de papá. Me gustaba ver a Enrique, en general. Tirarle de la bata para rogarle un cuento: esperarlo en mi cita mensual para que me cortara el pelo, la maestría de las tijeras y sus puntas, las mechas que resbalaban por la espalda de los clientes, el agua mágica dentro de la botella con rociador, el aroma a shampoo y acondicio-

Autobiography of a Centaur

Perhaps he was fascinated by the sight of our petrified little faces, mouths agape, expectant. Maybe it was that his body needed to recount its characters in the presence of interlocutors in order to remove them from his imagination and, in doing so, decrease the population explosion of those countless inhabitants. We crowded around him in the middle of the street, begging him to tell us his stories. He made playing coy into a kind of ritual, one in which our constant entreaties were his compensation. Regardless, he would always end up telling us about the fantastical life of someone, some neighborhood trope, which of course always took place before any of us were born.

Quique the Faggot, that's what my father called him, Enrique The Hairdresser, interjected my mother, La Kika, was how everyone else referred to him. I liked to call him Enrique, just that. In fact, it wasn't like I was blabbing his name all over the neighborhood, but in my mind, his body belonged to the concept of Enrique, above all when, inevitably, each month I had to get my hair cut in accordance with the school dress code. You have such healthy hair, so shiny, he raved as he turned on the electric clippers. I liked to picture myself like that, with healthy, shiny hair. That's probably why a few years later I let it grow out, after my father's death. I liked to see Enrique in general. To tug on his smock, begging for a story: I waited for him to cut my hair at our monthly appointment, to watch the mastery of his scissors and their tips, tresses sliding down the backs of his

nador, gel, fijador, tinte, peróxido, velas aromáticas, los múltiples espejos, el talco, los cepillos de diversas formas, las revistas de moda, las tijeras con distintos filos, las navajas y, por supuesto, la máquina rasuradora con la que yo estaba más familiarizado por mi corte militar. Me parecía especial ese oficio y esa vida, el que se supiera tantas historias de mitología griega siempre contextualizándolas en nuestra colonia. Yo quería ser como Enrique, cortar cabello para ganarme la vida y ganar admiración contando historias. Cuando lo dije a mis amigos se burlaron a carcajada suelta. Cuando le dije a mi padre, me soltó una bofetada y me tomó por los hombros sentenciando: óyeme bien, cabrón, tú puedes ser todo lo que tú quieras, ¿me entiendes? Aquí lo único prohibido es que me salgas maricón. En el momento no entendí por qué debía yo ser maricón si me gustaba cortar el pelo. Pero desde entonces ya no fui a donde Enrique, sino con un anciano de aroma lavanda que sólo cortaba el cabello a los hombres. Pensé que don Tito (así lo llamaban), también era maricón. Por eso, alguna vez en mi ingenuidad infantil, lo llamé maricón la primera vez que me llevaron a su peluquería: sólo rebájeme el largo, así le hacía el otro maricón con el que iba. Obviaré a la imaginación el gesto de don Tito y la explicación de mi padre al regañarme. Pero por ese entonces supe que maricón no era un oficio sino una forma de vida a la que de manera despectiva se referían los machos. Oficio es a lo que uno se dedica para ganar dinero. Entonces mi oficio no fue peluquero. Me hice escritor de oficio y maricón de por vida.

El camino de la escuela a casa era largo. La primaria me quedaba a casi dos kilómetros y mis pasos apenas si alcanzaban menos de medio metro por segundo. Haciendo cuentas por los años que permanecí en la escuela con todos sus días de ida y vuelta, perdí meses si no es que años de mi vida repitiendo el mismo tramo. Sin embargo disfruté muchísimo de esa rutina. Pensaba múltiples cosas, me venían ideas inconcebibles a la mente. Cosas tontas, quizá. Por ejemplo: nunca pude responderme bien (y es momento que aún no lo sé) quién o cómo fue que se inventó el tepache. Tuve mis suposiciones, teorías absurdas de accidentadas postergaciones. La respuesta más plausible

clientele, magic water inside a spray bottle, the scent of shampoo and conditioner, gel, setting lotion, dye, peroxide, aromatic candles, numerous mirrors, talc, brushes with assorted shapes, fashion magazines, scissors of varied blades, razors, and, of course, the electric shaver with which I was most familiar because of my crew cut. To me, that profession and his life seemed special, he who knew of so many tales from Greek mythology, tales which he always set in the context of our neighborhood. I wanted to be like Enrique, cutting hair to earn a living and garnering admiration with my stories. When I told my friends, I was ridiculed in fits of laughter. When I told my father, he smacked me and, grabbing me by my shoulders, he threatened: Listen closely, you little bastard, you can be whatever you want, you understand? In this house, there's just one thing that's forbidden, and it's that you turn faggot on me. At the time I didn't understand why I was obliged to be a faggot for wanting to cut hair. I didn't go back to Enrique's after that, but went instead to an old man who reeked of lavender and who only cut men's hair. I thought that Don Tito (that's what they called him) was also a faggot. Because of this, in my childish naïveté, I called him a faggot the first time they took me to his barbershop: trim the length, that's what my last faggot would do. I will leave Don Tito's expression and the explanation that accompanied my father's reprimand to your imagination. However, I understood then that faggot was not a profession, rather a way of life, which was referred to disparagingly by macho men. Profession refers to what one does in order to earn money. So, mine was not that of hairdresser: I became a writer by profession and a faggot for life.

The walk home from school was long. Elementary school was almost a mile away and my steps just barely spanned half a yard per second. Doing the math for the years I spent at school, with all of their days of to and fro, I lost months, if not years, of my life repeating the same stretch. Regardless, I thoroughly enjoyed that routine. So many things came into my mind, I pondered inconceivable ideas. Silly things, perhaps. For example: I could never find an answer that satisfied me (to this day I still don't know) as to who

tal vez sea aquella de la uva y el vino. ¿Por qué no hacerlo con piñas? Y ahí está: el tepache. Pero sin duda, la idea más recurrente de mis años de camino a la escuela fue la del centauro. Alguna vez, Enrique nos contó sobre un tipo que vivía a dos cuadras de la que en ese entonces fuera mi casa familiar. En realidad no era un tipo, sino un adolescente que no podía salir de casa porque era mitad hombre mitad caballo. Debo confesar que tuve miedo. Y qué si aquel joven centauro salía de su casa para trepar nuestras bardas y comernos a todos. Decía Enrique que la madre había sido escaramuza y su padre un caballo. Entonces yo no entendía de zoofilia ni sexo; y creo que ninguno de los que escuchábamos imaginamos tal acto humanoequino. La historia nos parecía de un romanticismo oscuro y la catalogábamos en el género de terror, pues el mismo Enrique hacía gesto de incertidumbre, echando de vez en cuando una mirada de miedo hacia el lugar donde debería estar la casa.

En la realidad aparente, la casa era habitada por doña Hortensia, mujer madura, cuyos hijos vivían en el otro lado y venían a visitarla en las vacaciones. En mi imaginación, doña Hortensia tenía un hijo mitad humano al que no sacaba a pastar. Muchas de las veces pensé escuchar el relinchido del centauro molesto por el encierro. Me preguntaba si veía la televisión, si le gustaban las mismas caricaturas que a mí; si sabría leer y escribir. Entonces la casa fue apodada por nosotros como La Casa del Centauro. Y se convirtió en referencia. Luego y culturalmente, como todo, las referencias se limitaban a decir: a la vuelta de la casa del caballo, ahí muy cerca del caballo, por el caballo, a unas casas del caballo. Y por ende, doña Hortensia, pasó de ser doña Hortensia a doña Caballa o La Caballona. Y yo, mucho tiempo después, la recordé junto a su hijo, en la clase de Literatura Clásica, cuando entré a la universidad.

Autobiografía de un centauro fue el nombre de la biografía no autorizada que escribí para una editorial comercial. En ella, mentí sobre la vida de un niño, hijo de una mujer y un caballo. Como era de imaginarse, el libro fue un fracaso rotundo. Aproveché mi amorío con uno de los directivos para que me publicaran. Como

invented tepache, or how it was discovered. I had my suspicions, absurd theories conjured about serendipitous procrastinations. The most plausible answer might be the same as that of the grape and wine. Why not make it with pineapples? And presto: tepache. Yet, undoubtedly, the most recurrent idea throughout my years en route to school was that of the centaur. Once, Enrique told us about a guy who lived two blocks away from what was then my family home. Actually, he wasn't a guy, but a teenager who could never leave the house because he was half man, half horse. I must confess that this frightened me. What if that young centaur left his house to climb our fences and gobble us all up. Enrique told us that his mother had been an escaramuza horsewoman and his father a horse. We did not understand then about bestiality or sex; and, I believe that none of us who were listening imagined that humanequine act. The story seemed as if from some dark romanticism and we classified it within the genre of horror, because even Enrique himself made uneasy gestures, casting the occasional fearful glance toward the place where the house must have been.

In an apparent reality, the house was inhabited by Doña Hortencia, an older woman, whose children lived across the border and came to visit her on holidays. In my imagination, Doña Hortencia had a half-human son whom she never let out to graze. I often imagined having heard the neighing of the centaur, angered by his confinement. I wondered if he watched television, if he liked the same cartoons as me, if he knew how to read and write. We dubbed it the House of the Centaur, and that name became a point of reference. Later on, as with everything, the references were reduced to saying: around the corner from the horse's house; over there, near the horse; by the horse; a few houses from the horse. And, consequently, Doña Hortencia went from being Doña Hortencia to Doña Horsencia or the Horsewoman. Much later, when I started college, I thought of her and her son while taking a classical literature class.

Autobiography of a Centaur was the title of the unauthorized biography that I wrote for a commercial publisher. In it, I lied about

biografía de corte comercial, no fue algo que llamara la atención. Si mis intenciones hubieran sido las de escribir una tonta novela de realismo mágico provinciano, quizá tuviera más lectores. Pero no. Yo quise escribir una historia *verdadera* con documentos falsos y fotos difuminadas de algo que no ocurrió. Y si ocurrió, nunca estuve ahí para constatarlo. Tras años de rotundos fracasos con la ficción, decidí escribir una falsa biografía de un centauro. No mencionaré la obvia ruptura con el alto directivo editorial, pues hasta hoy recibo correos donde me cobran un incumplimiento de contrato en ventas que, por supuesto, no he de pagar.

Tras varios romances de juventud y durante la escritura de mi tesis, busqué a Enrique. Regresé al barrio cuando ya la casa de mi infancia había sido vendida y mi madre vivía con mi hermana mayor. La estética seguía en el mismo lugar aunque modificada acorde al contexto de los años y la prosperidad. Enrique ya no cortaba el cabello; en su lugar dos jóvenes atendían a la clientela. Cuando pregunté por él, me señalaron con la cabeza la parte detrás del negocio. Le avisaron que yo lo buscaba. Me hicieron pasar. Y lo vi sentado en una mecedora; él me miró sonriente. ¿Que te hiciste literato?, preguntó. Asentí. Y yo que te pensaba peluquera, se carcajeó al tiempo que se acercaba. Platicamos con café en mano. Le confesé que sin duda lo admiraba. Que lo había admirado toda mi vida y en vez de cortar cabello, me decidí a ser cuentero. Le pregunté por el centauro, pues eso era a lo que iba. Avergonzado por mi credulidad, cuestioné. No, más bien exigí la verdad como el que regresa seguro de la garantía de un producto. Y él se acomodó en su cuerpo, me miró seriamente y dijo.

Me corto el cabello yo solo. Lo remojo y peino y luego me miro con dos espejos, uno frente al otro. Considero que no debo pagar por un corte de pelo cuando yo mismo pagaría por cortarme el pelo a mí. Sin embargo lo cuido con shampoos naturales y acondicionadores costosos. Cabe resaltar que jamás lo he teñido. Mamá les decía a mis hermanas que si teñían su cabello, jamás recuperarían su color original. Aunque tengo algunas canas, jamás lo he teñido, ni siquiera para retocarlo. Disfruto cortar mi cabello. Casi diría que espero (espío y vigilo)

the life of a child, the son of a woman and a horse. As one might very well imagine, the book was an utter failure. I took advantage of my affair with one of the editors to get published. As a stylistically commercial biography, there was nothing striking about it. If my intention had been to write a silly novel in a provincial magical realist style, I would have perhaps had more readers. But no. I wanted to write a *true* story with false documents and blurry pictures of something that never happened. And, if it did happen, I was never there to confirm it. After years of dismal failures in fiction, I decided to write a fake biography of a centaur. I will refrain from mentioning the obvious split with the senior publishing executive, or that to this day I still receive emails billing me for a breach of contract in sales, bills which I of course need not pay.

After several youthful romances and while writing my thesis, I sought out Enrique. I returned to the neighborhood after my childhood home had been sold and my mother had moved in with my older sister. The hair salon was still in the same place, though altered in keeping with the context of time and prosperity. Enrique was no longer cutting hair; in his stead were two young men who tended to the clientele. When I asked after him, they signaled toward the rear of the shop with their heads. They went to tell him that I was looking for him, and then sent me to the back of the building. I found him sitting in a rocking chair; smiling, he looked at me. So, you became a lady of letters? he asked. I nodded. Funny, I had always pictured you a hairdresser, he laughed as he stepped toward me. We chatted over coffee. I confessed that I most certainly admired him. That I had admired him my whole life and, instead of cutting hair, I decided to be a storyteller. I asked him about the centaur, since that was what I was after. Embarrassed by my gullibility, I inquired. No, rather, I demanded the truth like someone who returns, confident of a product's warranty. He settled into his body, gazed at me sternly and said:

I cut my own hair. I wet it and comb it, and I look at myself with two mirrors, each facing the other. I am of the opinion that I shouldn't have to pay for a haircut when I would pay myself to cut my own

a que me crezca el pelo para cortarlo. Tengo tijeras y peine especiales para tal tarea. También una capa impermeable y un talco con brocha para barrer los residuos sobre mi cuello. Similar a aquellos samuráis que meditan podando bonsáis en un iluminado invernadero, así yo.

Enrique me contó que doña Hortensia había muerto cuando entré a la universidad y la casa, como casi todas las casas del barrio de mi infancia, luego del abandono, fue vendida. Un encabezado de periódico, junto al breve y último relato de Enrique, fueron mis únicas fuentes fidedignas en esa autobiografía no autorizada que se me ocurrió publicar: "MUERE HOMBRE ATROPELLADO EN MEDIO DE LA AVENIDA." Más abajo: "el sujeto padecía la enfermedad conocida como pie equino o pie en flexión plantar". Murió luego de ser arrollado por un camión repartidor de leche. Aunque los hijos de doña Hortensia quisieron litigarme por usar la foto de su casa, el editor prometió retirar la imagen en caso de haber una segunda impresión. Los hijos querían dinero pero se conformaron con mi fracaso. Y yo me conformé con la noticia de que mi libro sería retirado de circulación y almacenado en las bodegas de la editorial (como carne de cañón para los ejércitos de polilla).

En realidad sí me dolía la muerte del centauro, es decir, aquel día que Enrique me confirmó la noticia del deceso y la venta de la casa, algo dentro de mí cayó fuertemente, tan fuerte que me estremeció el esqueleto. Había regresado al barrio después de años, con mis recuerdos desahuciados, con la inocencia que agonizaba y se me escurría por las comisuras; regresé para comprobar que mi vida eran puros recuerdos y los recuerdos palabras y las palabras mentiras. Estuve enamorado de un concepto. Mis estudios, mis ganas, el oficio, se reducían a un mito que por años idealicé. Estaba enamorado del centauro, y hasta este punto hasta yo me doy lástima de repetir algo que, muy probablemente, ustedes supieron al leer el primer párrafo de mi sintaxis de lugares comunes. Pues bien, yo no lo sabía (digamos que nunca he sido muy brillante). No lo sabía y sin embargo me masturbé por primera vez con la idea de una idea. Con alguien que jamás había visto. Y la universidad visualizó mi deseo. Imágenes de centauros en

hair. Nevertheless, I care for it with natural shampoos and expensive conditioners. It is worth noting that I have never dyed my hair. Mother always told my sisters that if they dyed their hair, they would never grow back their original color. Although I have a few gray hairs, I never dyed it, not even for a touch up. I enjoy cutting my hair. I would almost say that I wait (monitoring and tracking) for my hair to grow just for the opportunity to cut it. I have a special comb and scissors for the task, as well as a waterproof cape and talc with a brush to sweep away any residues on my neck. Akin to those samurais who prune bonsais while meditating in an illuminated hothouse, I am just so.

Enrique told me that Doña Hortencia had died when I started college and that the house, like almost every house in my childhood neighborhood, was abandoned, then sold. A newspaper headline along with the brief and final tale from Enrique were my only reliable sources for that unauthorized autobiography, which had occurred to me to publish: "MAN DIES HIT BY TRUCK IN THE MIDDLE OF THE ROAD." And below that: "the man suffered from the disease known as equinovarus, or clubbed foot." He died after being run over by a milk delivery truck. Although Doña Hortencia's children wanted to take me to court over using the photo of their home, the publisher promised to remove the image in the event of a second edition. Her sons and daughters wanted money, but they settled for my failure. And I settled for the news that my book would be withdrawn from circulation and stored in the publisher's warehouse (like cannon fodder for armies of moths).

In truth, the death of the centaur pained me; that is to say, on the day Enrique confirmed the news of his passing and the sale of the house, something inside me fell sharply, so sharply that my skeleton shuddered. Having returned to the neighborhood after years with my hopeless memories, an agonizing innocence spilling from the corners of my mouth, I came back to confirm that my life was pure memories, and the memories: words, and the words: lies. I fell in love with a concept. My studies, drive, and profession had been reduced to a myth that for years I idealized. I was enamored with the centaur, and

la mitología. Jovenzuelos de piel mediterránea que galopaban por campos de olivos; castaños de rizos largos, impecables. Abdomen cuadriculado, rígido, de labios rosados, brillantes; seductores venían a mí, los mejores amantes mitad humanos mitad equinos, me sometían, me obligaban a amarlos, a lamerles el sudor de aquellas jornadas de cabalgatas olímpicas. Y yo lo hacía (obviamente), obedecía a cada una de las intrépidas fantasías de mis onanistas amantes. Pero en el fondo pensaba en *mi* centauro, al que debía rescatar de esa vida de encierro y sufrimientos. Tomar la casa por asalto, llevarme al hijo, hacerlo mío, desvirgarlo (en mi imaginario era virgen), enseñarle el mundo y las leyes del amor. Decirle no importan tus piernas, no importa nada, aquí lo único relevante es lo que siento por ti.

Tuve amantes a los que obligaba a ponerse en cuatro patas para galopar hacia mi cuerpo. Que relincharan de amor. Que me dijeran teamos dolidos, jadeantes, que yo fuera su única salvación, su redentor; que me llevaran en su lomo por viajes de paisajes tremendos, bélicos; nosotros, amantes apocalípticos, trágicos amantes con guirnaldas como tiaras dentro del perímetro que era mi cuartucho de estudiante. Galopaba con ellos, con todos, en felaciones equinas, saboreaba sus jugos animales, mordía sus nucas de crines, lamía sus pies y sus manos pezuñas. Hasta que al final un bípedo, un normal bípedo, se erguía cansado de estar tanto tiempo en veinte uñas. Entonces los botaba de casa, les pedía que salieran a veces con el coito interrumpido. Y erectos me reclamaban desde el umbral de la puerta un regrésame mi ropa.

Volví al barrio después de mucho meditarlo. No tenía a qué regresar y sin embargo. Quise saber la verdad, no la verdad verdad, sino el destino: el de mi centauro. Eutanasia a la imaginación, lo gráfico; verlo enfermo, lleno de hijos. Soltero expectante, incierto, esperando por mí que no estaba en los créditos de su vida. Volví para matarlo en mi cabeza y ser feliz. Pero él ya estaba muerto y la imagen más cercana era una que ya conocía, la del frente de su casa, otra la del camión asesino y una tonta y breve explicación de lo que son los pies en flexión plantar. "Pies equinos" rezaba aquella nota

even now I pity myself for repeating something that, in all likelihood, you knew upon reading the first paragraph of my trope-ridden syntax. Well, I didn't know about it (let's just say that I've never been very bright). I did not know, and yet I masturbated for the first time to the idea of an idea. To someone whom I had never seen. The university visualized my desire: images of mythological centaurs. Strapping lads with Mediterranean skin galloping through olive groves, brunettes with long curls, impeccable. Chiseled abdomens, taut, with rosy lips, shining; seducers coming toward me, the best half-human half-equine lovers, overpowering me, compelling me to love them, to lick away the sweat from Olympic cavalcades. And I did it (obviously), obeying each and every intrepid fantasy of my onanistic lovers. But, deep down, I thought about my centaur, whom I should have rescued from that life of imprisonment and suffering. Storm the house, seize the son: make him mine, deflower him (in my imagination he was a virgin), show him the world and the laws of love. Tell him his legs don't matter, nothing matters here, the only thing relevant is what I feel for you.

I have had lovers whom I forced to gallop on all fours toward my body. To whinny out of love. To utter aching iloveyous, panting that I was their only salvation, their redeemer; to carry me on their loins for trips through tremendous landscapes, bellicose; we, apocalyptic lovers, tragic lovers with wreaths like tiaras within the perimeter of what was my student hovel. Galloping with them, with all of them, in equine fellatios, savoring their animal juices, biting their maned necks, licking their feet and hooved hands. Until the end, when a biped, just an ordinary biped, stood up, tired of spending so much time on twenty nails. I would kick them out then, asking them to leave, sometimes, even with coitus interruptus. Erect, they protested from the threshold with a give me back my clothes.

I went back to the neighborhood after much reflection. I didn't have a reason to return, and nonetheless. I wanted to know the truth, not the true truth, rather, fate: that of my centaur. To euthanize my imagination, an image; to see him sick, covered with children, an

para el vulgo. Enrique me mostró el recorte (coleccionaba recortes de periódico de sucesos que ocurrían cerca del barrio, era su manera, sus ganas de fama por medio de la otredad) y sentenció: pobrecito, sin siquiera recordar su historia del centauro. Y yo me quedé perplejo, en un *mutis* absoluto. De pronto mi vida, la historia de mi vida estaba siendo masacrada por su apenas *pobrecito*. Su pobrecito le quitó las guirnaldas, lo redujo a ser humano. Y pensé, con lo poco que quedaba de mi cuerpo sin memoria, si debía reclamarle algo más que instintiva compasión. Me detuvo lo último, unos gramos de dignidad que aún me hervían en el alma; mi anoréxico intelecto que se sostenía a rappel de una piedra con fisuras, no lo dije. No pregunté ¿es mentira? ¿Acaso no recuerdas que era un centauro? Quise. Quería pero la razón, la adultez me detuvo en estrujones. Entonces interrumpió el silencio con un suspiro nostálgico: en este barrio, los que quedamos olemos a muerto, ya no hay nada. Luego salí de su casa y de su vida.

Y de la mía.

Escribí la *Autobiografía de un centauro* bastante molesto. Eran mis ganas de lucrar, de joder el recuerdo del peluquero que me impuso una vida, una forma de vivir. Mi venganza. Ya no era yo ese tonto niño que contaba los pasos de su casa a la escuela (y viceversa). Que se cuestionaba la procedencia del tepache y de todas las cosas que en su periferia estaban. Si con sus cuentos me volví escritor, escritor había de ser. O actuar al menos. Seducir al editor en jefe de una estúpida empresa de libros de superación personal. Enamorarlo. Pedirle que se pusiera en cuatro patas para galopar hacia mí y mi historia. Joderlos a todos, incluida mi familia. Joder a los personajes del pasado de una memoria que apenas comenzaba. Desconectar los tubos que los mantenían con vida. Recreé los pasajes de mi recuerdo, el deseo, lo que nunca. Simulé a un niño sin ortopedistas al alcance, a un joven cuyos amantes venían ansiosos por probar un pene equino. Hice y deshice con la memoria. Con mis fantasías y la bibliografía que leí durante los años de amor.

Publiqué un libro que fue un fracaso rotundo. Que me redimió y mató las historias que Enrique contaba a placer y que con maldad

expectant bachelor, uncertain and waiting for me, I who was not in his life's credits. I came back to kill him in my mind and to be finally happy. But he was already dead and the closest image was one with which I was already familiar, the one of the front of his house, another of the killer truck and a silly, brief explanation about the nature of clubbed feet. "Equine feet," read the article for the masses. Enrique showed me the clipping (he collected newspaper clippings of events that happened in the neighborhood, it was his manner, his desire for fame through others) and declared: *poor baby*! without even remembering his centaur story. I was bewildered, in absolute silence. My life, the story of my life, was suddenly massacred by his sad little "poor baby." His poor baby stripped away wreaths, reduced him to a human being. I wondered, with what little remained of my body, devoid of memory, whether to demand of him something more than instinctive compassion. The latter gave me pause, a few grams of dignity still swarming in my soul; my anorexic intellect braced in a rappel from a rock riddled with fissures, I didn't tell him. I didn't ask, is it a lie? Do you not remember that he was a centaur? I wanted to. I wanted to, but reason, maturity, restrained me in grips. He broke the silence with a nostalgic sigh: in this neighborhood, those of us who linger stink of death, there is nothing left. I left his home and his life.

And my own.

I wrote the *Autobiography of a Centaur* while quite irritated. It was my drive for profit, to fuck up the hairdresser's memory that had imposed on me a life, a manner of living. My revenge. I was no longer that silly little boy who counted the steps from his home to school (and vice versa), who puzzled over the provenance of tepache and of all the things in his periphery. If through his stories I became a writer, a writer I would be. Or, at least, I would play the part. Seduce the editor in chief of a stupid self-improvement book company. Make him fall in love with me. Ask him to get down on all fours and gallop toward me and my story. To fuck everyone over, including my family. To fuck the characters of the past from a memory that had scarcely begun. Disconnect the tubes that kept them alive. I recreated the

reproduje. Lo publiqué conforme. Me llevó años digerirlo. Al final de cuentas, Enrique me dio un regalo, fue generoso conmigo: me enseñó a cortarme el pelo y a contar historias. Por eso corto mi cabello solo, es un ritual irrepetible, incomparable. Ahora no escribo ficción, solamente teoría. No me hice peluquero, sino un teórico de casa que apenas está entendiendo el porqué de la ficción.

landscapes from my memory, the desire: that which never. I fabricated a child with orthopedists out of his reach, a young man whose lovers came eager to try an equine penis. I used my memory to make and unmake. With my fantasies and the bibliography I read during the loving years.

I published a book that was a complete failure. Which redeemed me and killed the stories that Enrique narrated for pleasure and that, out of malice, I reproduced. I published it, satisfied. It took me years to digest. Ultimately, Enrique had given me a gift, he had been generous with me: he taught me how to cut my own hair and to tell stories. Because of this, I cut my own hair, it is a unique, unparalleled ritual. I no longer write fiction, only theory. I did not become a hairdresser, but an amateur theorist who is just now understanding the reason for fiction.

Gabriela Torres Olivares was born in Monterrey, México. She is the author of three collections of short stories: *Enfermario* (2010), which *Reforma* named as one of the Best Books of 2010; *Incompletario* (2007); and *Están Muertos* (2004). Her work has appeared in numerous anthologies and periodicals, including *Vice, Pic-Nic, Playboy,* and *Luvina*. She recently received a grant from the National Fund for Culture and Arts to complete a novel.

Jenny Donovan is an interdisciplinary artist based in the Tijuana-San Diego border. Her work addresses the ontology of boundaries and liminal spaces through presence/absence phenomena. She works between literary (writing and translation) and visual practices to grapple with power relationships embedded in bodies, language, and geography: borders that each of us constantly negotiates.